北斗星に乗って

広小路 尚祈
Naoki Hirokouji

北斗星に乗って

広小路　尚祈

北斗星に乗って　目次

週末のサラリーマン

今日は金曜日。

金曜日は残業禁止、という規則が出来てよかった。この会社に採用されてよかった。職場が、上野駅の近くにあってよかった。

「さあ、金曜日の六時だぞ。帰れ、帰れ、帰れ」

課長の言葉に、いそいそと帰り支度を始める。金曜以外は残業が多い。帰宅するのは、早くて午後の九時頃だろうか。忙しい時には、午前零時を過ぎることもある。商社といえば聞こえはいいが、小さな会社だ。人員はギリギリ。人を増やす余裕もない。注文取りから納品、商品の発注と在庫管理、伝票処理、クレーム対応、その他取引先へのケア。様々な仕事を一人で担当しなくてはならない。

以前は、金曜日も残業をしていた。それが禁止された時、僕は正直戸惑った。仕事が残っているから残業をするのだ。禁止と言われても、仕事の量は変わらない。どうせ平日にしわ寄せがくるのだろう。そんなことを考えていたのだ。

あの頃の僕には、仕事しかなかったから。

三十をとうに過ぎているのに、実家暮らし。朝は電車に十五分乗って、会社へ。残業をして家に帰ると、食卓の上には、ラップをかけて置かれた、母の手料理。電子レンジで温めて、みそ汁も温めて、一膳の飯をかきこむ。風呂に入って、自室のベッドで少し本を読んで眠る。

翌朝はまた十五分電車に乗って職場へ……。

早く仕事が終わった日には、同僚や上司と酒を飲んだりもした。いつも一緒に仕事をしている、いつものメンバーだ。休日は小学校、中学校、高校の同級生なんかと、飯を食ったり、酒を飲んだり。みんな気のいい奴だけれども、昔からの知り合いだ。毎週メンバーを入れ替えてもやはり、いつものメンバーだという感じがする。心は安らぐけれど、何かが足らない。退屈はしないけれど、退屈をしないだけ。

金曜日は残業禁止、という規則が職場に採用された一年ほど前から、僕は月に一度ぐらいのペースで、上野駅の十三番線ホームに立っている。

十九時〇三分発の北斗星、札幌行き。

金曜の夜の開放感。月曜の朝までの自由。僕はそれを満喫することを覚えた。青く美しいこの列車は、僕をもう一つの世界へ運んでくれる。一人ののんびりと夜を楽しみながら眠りにつき、翌朝目を覚ますと、そこはもう、北の大地。雄大な自然の中に、ぽつりぽつりと人の営みが垣間見える、美しい場所。

北海道への憧れは、実は子どもの頃から、心の片隅にあった。テレビのドラマや旅番組、映画や漫画で北海道のことを知るたび、僕の胸は高鳴ったけれど、子どもにとっては、とても遠い場所だった。親戚もいなければ、知り合いもいない。新巻鮭に、ホタテ、カニ。じゃがいも、にんじん、たまねぎ、とうもろこし。あこがれてはいたものの、僕と北海道とのつながりは、それぐらいしかなかった。

僕は他人より、大人になるのが遅かったのかもしれない。もしかしたら今もまだ、一人前の大人になれたとは言えないのかもしれない。中学時代の成績にしたがって高校を選び、高校時代の成績によって大学を決め、就職活動をして、たまたま採用された会社に入った。自分のやりたいことなんて、何一つしてこなかった。周囲の大人からアドバイスを受け、自分はそうするべきなのだと思って、進む道を決めてきただけだ。

そんな風に生きて来られた僕は、幸運な人間なのかもしれない。でも、幸運であることと、幸福であることは、必ずしもイコールで結ばれない。不幸ではないが、幸福であるかと問われると、自信をもって「はい」とは答えられない、そんな状態に、あの頃の僕はあったのだと思う。不幸な人間と、幸福な人間。この世の中には、そんな二種類の人間しかいないわけではないのだ。

残業をせずに帰った、ある金曜日。なんとなく、まっすぐ家に帰るのがもったいないような気がして、上野の街をぶらついて、適当な店でコーヒーを飲んで、いつもとは違う改札口をくぐった時、青く、美しい列車がゆっくりとホームに入って来るのを見た。この列車は一体どこまで行くのだろう、ふとそんな好奇心が湧いて、案内板で、行き先を確認すると、なんと札幌行き。そうか、この列車は札幌まで行くのか、そう思った瞬間、僕はどうしても、その青い列車に乗りたくなった。

上野から、ずっとずっと遠くの街まで走ってゆく列車。北海道の雄大なイメージ。一週間の仕事を終えて、そのままこの列車に飛び乗ってしまえば……。

ああ、僕の週末は、どんなに素晴らしいものになるだろう。

そのままみどりの窓口に飛び込み、その時まだ予定の入っていなかった、一月後の切符を購入した。金曜の夜に上野を発ち、翌日土曜日の夕方、札幌からまた北斗星に乗って帰ってくるスケジュールだ。そんな風に、衝動的な行動を起こしたのは、生まれて初めてだったかもしれない。

会社を飛び出して、上野駅へ急ぐ。乗る前に軽い食事をしておくのが、僕のやり方だ。そばでも、ラーメンでも、サンドイッチでもいい。大切なのは、食べ過ぎない事。その理由は、午後九時過ぎに、もう一度食事をするからだ。

北斗星の食堂車「グランシャリオ」でディナータイムに食事をいただくには、事前に予約が必要なのだが、ディナータイムの終了後にはパブタイムというのがあって、予約なしで軽い食事が食べられるようになっている。その時間にグランシャリオを利用するのが、この旅の恒例となっている。

今日の寝床は、「B寝台一人用個室ソロ」だ。座席兼用のベッドに、テーブル、ごみ箱があるだけのシンプルな部屋だが、このサイズ感が僕にはぴったり来る。車内は二階建てになっていて、上段と下段があるけれど、今日は上段だ。階段を昇った先に小さなフロアがあり、その先に窓、左側にベッド。車両の形に添って曲線の付いた天井は、あまり高くはないけれど、屋根裏部屋のような感じがして、なんだかわくわくする。カプセルホテルよりは広々としていて、ビジネスホテルのシングルルームよりはコンパクト。その空間が、とても快適なのだ。

軽く食事をして、「ソロ」に飛び込んだら、まずは座席兼ベッドに腰を下ろして上着を脱ぎ、ネクタイを解く。初めて乗った時には、スーツをどうしようか悩んだけれど、今ではもう、ぐるぐるに丸めてリュックの中へ。少々しわになっても、クリーニングに出せばいい。そんなこともあって僕は、北斗星に乗る月に一度の特別な金曜日には、そろそろクリーニングに出そうかな、というタイミングにあるスーツを着て出社するようになった。この旅のスタイルにも慣れてきたな、と自分でも思う。

スーツのことでだけではなく、北斗星での旅や札幌の街に、だんだんと自分が馴染んでゆく過程が、僕には楽しくて仕方がない。常に新しい発見があるのは事実なのだけれど、未知のものを新たに知る、というよりは、元々自分の中にあったものを掘り起こしてゆく作業をしているのかもしれない。僕が求めていたもの、それまで気が付かなかったけれど、実は僕の中にずっとあった感性や能力、そんなものがどんどん見えてくるような気がするから。

上着を脱ぎ、ネクタイを解いた姿で、ぼんやりと窓の外を眺めているうちに、列車が動き出す。見慣れた東京の景色が窓の外をゆっくりと流れてゆく。僕はいつしかこの時間に、懐かしさのようなものを感じるようになった。

僕の生まれ育った街、東京。明後日には帰ってくるはずなのに、ほんのちょっぴりの寂しさや心細さが、胸の中に湧いてくる。故郷を離れる人の気持ちというのは、こんなものなのだろうか、なんて想像をして、それを少しうらやましく思ったりもする。故郷を離れるということは、同時に、故郷が帰る場所になる、ということでもあるんじゃないだろうか。

僕はずっと、そんな場所が欲しかったのかもしれない。

月に一度北斗星に乗り、札幌の街へ出かけるようになって、僕は札幌の四季を知った。観光旅行なら気候のいい時に、あるいは、スキーにちょうどいい時なんかに、出かけて楽しんでくる、というのが一般的だろう。つまり、旅の目的に合わせて、季節を選んで出かけるのだ。僕の北斗星の旅には、まず目的がない。だから当然、季節を選ぶこともない。そんな目的のない、純粋な衝動による行動が、きっと僕に今まで意識することすらなかったものを、見せてくれるのだと思う。

狭いけどなぜか落ち着くこの空間で、窓の外をぼんやりと眺めているだけの時間。これが僕の日常に、毎回少しずつ浸透してくるのを感じる。また、それと同時に、札幌の街をだんだんと身近に感じるようにもなっている。これをずっと続けていれば、僕もいつか「故郷」のようなものを手に入れられるかもしれない、なんて期待もしている。

少しくつろいだら、ロビー室へ向かう。北斗星にはB寝台ソロの他にも、解放B寝台など、一人での利用にも便利な寝台が多く用意されているので、一人旅の乗客も結構いる。そんな人たちと、少し話をしてみるのも楽しいものだ。普段の生活では、会社の同僚、家族、友人など、大体話す人が決まっている。僕は居酒屋やバーなどで、積極的に知らない人と話をするタイプではないし、仕事は得意先を回ることが中心で、新規の顧客を開拓することもない。得意先の担当者が変わっても、仕事を通じて知り合う人だから、目的や価値観を共有している、ということもあって、話の内容は自ずと限られてしまうし、まったく知らない人、というう感じも薄い。プライベートな話をするにしても、そこにもなにか、壁というのか、囲いというのか、あるテリトリーの中で話すという風になりがちだ。ロビー室で出会う人々とは、ほとんどの場合が初対面なので、それほど立ち入った話をするわけではないが、それでも自分のテリトリーの外で暮らす人と話すのは、刺激的で楽しいことだ。

今日は、ロビー室も空いている。十二月のはじめだ。北海道では、十月頃からクリスマスぐらいまでが、最も観光客の少ない時期だと聞いている。それも、十月頃から徐々に厳しくなる寒さが深まり、年末年始の帰省客や、冬休みのスキー客、雪まつりの見物客などとも関係ないこの時期が、一年で一番空いているのではないだろうか。

一年前、初めて北斗星に乗った時も、こんな感じだった。静かなロビー室で、僕はただ、ぼんやりとしていた。グランシャリオで夕食を頂くには予約が必要だということも知らず、今のように乗る前に軽い食事をしておくこともせず、腹をすかして、一人静かなロビー室のソファに座って、ぼんやりしていたところに、旅慣れた様子の中年男性がやってきて、「出張ですか？」と声を掛けてくれた。僕は嬉しくて、ふとこの列車に乗ってみたくなったことや、初めてで勝手がわからないことなどを話した。「食堂車でご飯を食べるには、予約が必要なんですね。知らなかったものだから、食べられずに、腹ペコですよ」と笑ったら、その男性がディナータイムの後にはパブタイムがあることと、おすすめのメニューについて教えてくれた。

何気ないやり取りにすぎないけれど、僕はその出来事によって、大きな一歩を踏み出せたような気がした。自信が生まれたというのか、心細さが一瞬にして消し飛んだというのか。

僕はあの時、新しい自分に出会えたのだと思う。

そんなことを考えていると、七号車の方から四人組のグループが入ってきた。うちの母と同じぐらいの年齢に見える、女性ばかりのグループだ。ソファに座ったと思ったら、たちまちにぎやかなおしゃべりが始まった。仲の良い友達同士だろうか。とても楽しそうだ。僕もこの旅に友達を誘ってみようかな、と一瞬思ったけれど、それはやめておくことにする。気の合う友達との旅行はきっと楽しいだろうけれど、この旅は僕だけのものなのだ。

グループの中の一人と、不意に目が合ってしまった。楽しそうだな、と思って眺めているだけで、やましい気持ちなど少しもないつもりだけれど、あまりじろじろ見ては失礼かも。そう思って目を逸らしたのだが、その女性は勢いよく席を立って、僕のところにやってきた。

「お兄ちゃん、一人なの？」

「はい。そうです」

「それは寂しいね」

「はあ。でも、この寂しい感じが、なんだか好きなんですよね」

少なくとも僕は、怪しい人間だとは思われていないようだ。まあ、この人から見たら僕なんて、子どもみたいなものだろう。それに僕は決して、人相の悪いほうではない。自分で言うのもおかしいかもしれないが、内面はさておき、パッと見ただけでは、好青年であるようにすら、見えるかもしれない。

「そうなの。変わってるね。どこから来たの？」

「東京です」

「そりゃそうでしょ。東京から出る列車なんだから」

「でも、もっと西のほうから新幹線で東京まで来て、なんて人もいるんじゃないですかね？」

「そりゃ、そんな人もいるでしょうよ。お兄ちゃん、ちょっと理屈っぽいね。わたしはね、どこに住んでるの？　って聞いているの」

この人、ズカズカ系というのか、ガンガン系というのか、まあ、そういう感じの人だ。でも、悪い人ではなさそう。うちの近所にも、こういう感じのおばさんっている。ただ、悪い人ではなさそうなのだけれど、この人の言っていること、ちょっとだけおかしくないだろうか。「どこから来たの？」、「東京です」。僕は東京に住んでいるし、この列車に乗ったのは、東京の上野からだ。どちらの意味でも、僕の応対に間違いはないはず。でも今みたいに、「どこに住んでるの？」と訊かれたら、「東京です」と答えるのは違うような気がする。もっと詳しく言うべきだな。

「北区の東十条です」

「ああ、そう。私たち、赤羽なの。すぐ、近くだね。あの人たちみんなね、同じ団地のお友達」

「へえ、そうなんですか」

さて、ここからどうやって話を膨らまそうか。別に話を無理に膨らまさなくとも、この人ならどんどん勝手に話をしてくれるのかもしれないけれど、僕もこの旅を始めてもう一年になる。いろんな人と話をするうちに、会話力も少しずつ磨かれてきたはずだ。だから、その成果を試してみたい、というわけでもないのだけれど、ここからうまく話を膨らませて、自分の成長を実感してみたいような気もする。

「そうなの。たまには旦那や子どものことなんて忘れて、みんなで羽を伸ばそうって、出かけてきたの」

「それはいいですね。きっと美味しいものなんか食べるんでしょうね。たとえばカニなんか」

「私、カニは苦手なのよ。お腹が冷えちゃって」

「じゃあ、お肉ですか？」

「うーん、お肉もいいけど、この年になるとね、たくさん食べると、胃がもたれちゃって」

難しいものだ。このぐらいの年齢の女性というと、食べるのが大好きで、いつもダイエットのことを気にはしているものの、一向に成功しない、というイメージがあるのだが、それはあくまでもうちの母の場合であって、すべての人に当てはまるものではないのだろう。やはり僕は、狭い世界に生きているのだな、と改めて感じる。確かに、知らないおばさんと話す機会なんて、あまりないもの。知らない若い女性や、若い男性、おじさん、おじいさん、おばあさん、そのどれよりも、僕の場合は少ないように思う。これは、貴重な体験かもしれないな。

「じゃあ、食べ物よりも、楽しみにしているものがあるんですか？　観光スポットとか」

「それもあまり、ないわね。あの人たちは、蝦夷アワビが楽しみだって言っているけれど、私の一番のお楽しみは、おしゃべりだもの」

そうなのか。この人はおしゃべりを楽しみに、北斗星に乗っているのだな。

そんなもの、団地の近くの喫茶店ですればいいじゃないか、なんていうのは野暮というものだ。恐らくそんなことは、日頃からやっている。同じことをやっていても、場所が違えば楽しさも違うもの。同じ酒を飲むのでも、家で飲むのと、どこかのお店で飲むのとは、気分が違う。お花見のシーズンには、皆こぞって飛鳥山公園やら、上野公園やらへ出かけて行って、花の下で酒を飲んだり、おしゃべりをしたりするけれど、それと同じだ。今のシーズンなら、雪見酒というのもいいかもしれない。いつもとは少し違うシチュエーションで、普段していることをする。これぞ、風流。

なんてことを考えるようになったのも、この旅を続けてきたおかげかな。

「ちょっと、田中さん。これ見てよ、これ」

「はあい。じゃあね、お兄ちゃん」

女性は、お仲間のところに戻って行ってしまった。それほど話を盛り上げることは出来なかったけれど、まあ、いいでしょう。一年前の僕には、こんなことすら、出来なかったのだから。

列車は空いているような感じがするのだけれど、それでもガラガラというわけではないのだろう。ぽつぽつと人がやってきては、去ってゆく。僕は外を眺めたり、ちらりとやって来る人の様子を見てみたり。本当はもっと人と話してみたいけれど、邪魔くさがられたり、あからさまに拒否反応を示されたりするのが怖くて、なかなかチャンスがつかめない。まだまだ、修業が足りないのかな。

グランシャリオの扉の前に列ができ始めた。僕も席を立って、その列に加わる。今日は空いているようだが、パブタイムの開始前から並ばないと、安心できない。一両まるまるが食堂車グランシャリオになっているのだけれど、そこはやはり列車の中という、限られたスペース。席数に余裕があるとは決して言えず、知らない人と相席になることが多い。昼休み、職場の近くの食堂でも、誰かと相席をすることが多いけれど、グランシャリオでの相席は、それとはちょっと違う感じがする。当たり前のことだ。

相席になったからといって、その相手に遠慮なく話しかけていい、というわけではない。無口な人もいるし、人見知りの人もいる。もしかしたら、哀しい出来事を胸に抱えている人だって、いるかもしれない。最初に、「どうも」と声を掛けた瞬間に、この人は話しかけられるのを望んでいるか、いないか、ということを素早く察知できたらいいのにな、と思う。

また、話しかけてもいいのだな、と感じた人に、どれぐらいの量と深度の話をするのが適切なのかを判断するのも難しい。僕はできるだけたくさん話したいのだけれど、それがその人の旅の気分を邪魔してしまうことだって、あるだろう。僕の旅は、僕のもの。その人の旅は、その人のもの。それぞれの旅の端っこが触れ合うこと、それを出会いというのだろうけれど、よい触れ合い方、よい出会い方でなければ、お互いの旅が台無しになってしまう。

でもそうやって恐る恐る触れ合った相手と意気投合出来た時は、最高の気分になれる。僕はそれを知っているからこそ、慎重になるのだ。余計なことを話しすぎてしまったな、なんて後悔をするのは嫌だから。相手の旅を台無しにしてしまうのも、嫌だから。それでも、会社の近くの食堂と比べて、相席になった人と会話が弾むことが多いのは、旅の途中、列車の中、というシチュエーションのおかげだろうか。

僕にパブタイムのことを教えてくれた男性、たしか佐藤さんと言ったか。佐藤さんは、北海道に写真を撮りに行くのだと言っていた。プロのカメラマンではなく、小さな工場で働きながら、休みの日にせっせと作品を撮りためているようで、あちこち旅をしているのだけれど、冬の北海道が一番好きだと言っていた。「北海道のどこに一番惹かれるんですか？」と質問したら、「空気だよ。冷たく鋭い空気の板の間に、ぬくもりが挟まっているんだ。ほら、サンドイッチを横から見たら、耳のない食パンだろ。でも、上から見るとトマトやレタス、玉子やハムが挟まっている。横から見たって、ちょっとレタスがはみ出していたりするだろう？　おれはそのはみ出したレタスを見つけて、サンドイッチを撮るんだよ。つまり、冷たく鋭い空気の板からはみ出したぬくもりを見つけて、北海道を撮るんだ」と、いまいち意味の分からない答えが返ってきた。でも、はっきりとは意味の解らなかったその言葉が、僕にはとても素敵な言葉であるように思えた。

心の中にあることを、そのまま言葉にするのは難しいものだ。つい気取ってしまったり、整合性を持たせようとして、嘘や誇張を混ぜてしまったりする。心の中からまっすぐに出てくる言葉は素敵だ。僕はそんな言葉を、持っているだろうか。僕の中に、言葉にしてまっすぐ吐き出すだけの何かがあるだろうか。僕にそうする勇気が、あるだろうか。

あの日から僕は、心の中に色々なものを貯めたいと思うようになった。それは美しいものに対する感性であったり、喜びや楽しさへの感度であったり、誰かを楽しませられるような、面白い知識や経験であったり。どれも簡単に手に入るものではないけれど、それらを求めて旅をすることが、今では僕の喜びになっている。

今日はこの旅を始めて、おおよそ一周年。記念に佐藤さんから教えてもらった、「煮込みハンバーグセット」を注文しようか。もちろん、生ビールも一緒に。

パブタイムのメニューの中でも、人気があるのではないかと思われる、この煮込みハンバーグ。デミグラスソースで煮込まれた、ちょっと高級感のある、本格的なものだ。口に入れると、じゅわーとうまみが沁み出してきて、そこにビールを流し込むと、もうたまらない。僕は最初の一口で、虜になってしまった。

虜になった、とは言うものの、毎回これを注文するわけではない。好奇心といおうか、色々食べてみたい、という気持ちがあるからだ。ビーフシチュー、カレー、パスタ、ピザ、ちょっと何かをつまみながら、軽く飲みたいな、なんて気分の時には、ソーセージの盛り合わせや、チーズの盛り合わせ、ミックスナッツ、なんてものを注文することもある。列車の中であっても、メニューはなかなかに豊富なのだ。いくら気に入ったからって、そればかり食べているのはもったいない。

ただ、色々食べた中でも、この煮込みハンバーグは、特に素晴らしいと思う。佐藤さんが僕にすすめてくれたのも、当然であると思える。

今日も相席。相手は、大学生の三人組。旅好きなこの三人は、冬休みを待ちきれず、授業のない土日を利用して、札幌近辺を回るつもりらしい。日曜の夜の北斗星に乗って帰り、月曜の朝は上野駅からそのまま大学へ向かうそうだ。

気易くて、いい奴らだった。北斗星は初めてだということで、何を注文しようか迷っている彼らに、僕は佐藤さんと同じく、煮込みハンバーグのセットをおすすめし、ビールと共におごってあげた。ここはやはり、先輩として貫録を見せつけないと、という気持ちも正直あったが、彼らにいい思い出を作ってあげたい、という気持ちもあった。アルバイト代を貯めて来ているのか、親のすねをかじって来ているのかは知らないけれど、まあ、あまりお金に余裕のない子もいるだろうから、少しばかりのカンパだ。

グランシャリオのパブタイムは、あまり気取らない感じが心地よい。北斗星は設備の豪華な個室もあるけれど、比較的安く乗れる、解放型寝台も多く連結されているので、贅沢な観光旅行をする人々だけではなく、この学生たちのように、カジュアルな旅をする人たちの利用も一定数あるのだろう。出張などのビジネス利用や、冠婚葬祭など何かの用事で利用する人もいるかもしれない。予約の必要がないパブタイムは、おそらくどのような形の旅をする人にとっても、気軽に利用できるはずだ。コース料理や懐石御膳を頂く時よりも、気持ちの面でもいくらか気楽であるかもしれない。様々な目的で旅をする人々が、リラックスして集える空間。僕はグランシャリオのパブタイムに、そんなイメージを持っている。

出会いも大切だけれども、仲間内での話もあるだろう。僕はいつもより少し早めに席を立って、「ソロ」に戻った。

寝支度を整えて、座席兼ベッドに横になる。今日はせっかく「ソロ」が取れたのだから、こんな時間も楽しみたい。

「ソロ」が取れなかった日は、解放B寝台を使う。あれはあれでよいものだが、これはこれでよいものだ。「ソロ」の小さな空間で、一人色々なことを考える時間は貴重だ。頭の中が整理され、色々なことがはっきりと見えてくるような気がする。自分と向き合う時間、というと、格好つけすぎだろうか。でも僕には、孤独になれる時間が圧倒的に足りていない。

生まれ育った街に、今も両親と暮らしていて、近所には幼なじみや、小さい頃から僕のことを知ってくれている、おじさん、おばさんがいる。ちょっと離れたところには、高校、大学時代の友達が。会社には上司が、同僚が。これは幸せなことなのだろうけれど、いつも誰かのことを考えていなくてはならない。そこにはもちろん、喜びも楽しみもある。だが、孤独はない。

僕は僕自身のことを、あまりにも知らない。僕の身体は、共通認識、共同幻想、あの人の価値観、この人の道徳心などによって織り上げられた、布の袋なのではないか、なんて思うことがある。その袋の内側は、空っぽなのではないか、とも。僕はこれから、その袋の中に、何を詰めてゆくのだろう。何を詰めてゆきたいのだろう。

孤独であるとき、僕は自由だ。誰にも邪魔されずに、思う存分僕という袋の中身について考えることができる。もちろん、ここで考えたことを、人に話すつもりはない。どうせ母に話したところで、「あんた、何言ってるの?」と言われるのだろうし、地元の友達に話しても同じだろう。胸の中にしまっておくのならば、いつどこで何を考えてもいいはずなのだろうけれど、誰かといると、ついその誰かに調子を合わせてしまう癖が、僕にはある。誰かといる時は、頭の中でさえ、自由な状態を保つのは難しい。やらなきゃならないことが、ある時だってそう。一人で、何もしないで、じっくりと何かについて考えられる時間なんて、日頃の生活の中では、ほとんどない。

枕の下に、鉄路を走る車輪の音を感じながら考え事をしているうちに、僕はいつの間にか眠りにつく。小さな部屋で、たった一人で。

目覚めて、いつも思う。今日は朝食どうしようかな、と。グランシャリオで食べるのもいいが、二度寝するのもいい。移動の途中でありながら、土曜の朝でもあるのだ。会社勤めの身、ゆっくり寝られるのは休日の朝しかない。札幌に着くのは、十一時十五分。ぎりぎりまで寝ていたいような気もする。

張り切ってグランシャリオで朝食を、という場合と、ぎりぎりまで寝ていたいな、という場合、どちらが多いかというと、ちょっとだけ、ぎりぎりまで寝ていたい場合のほうが多い。二度寝をするための備えとして、乗る前にコンビニで菓子パンを二つと、缶コーヒーを仕入れてある。札幌に着くまで空腹に耐えられそうになかったら、菓子パンを食べ、耐えられそうならば、着いてから適当なお店を探して、食事をするつもりだ。

今日は二度寝に決めた。一週間の疲れを癒す方法は色々あるけれど、今日の僕には食事より、睡眠のほうが足りていないのだ。

十時頃、二度寝から目覚めた。お腹は空いているけれど、札幌までは持ちそうだ。窓の外を眺めながら、缶コーヒーを飲むことにした。

昨夜買い、暖房の効いた車内でずっと保管していたものだから、冷たくもなく、温かくもなく、といった状態。北斗星は、自動販売機が設置されているから、そこで買えば適温のものが飲めるはずなのだけれど、もし、売り切れていたら、と思うと、やはり乗る前に用意しておきたくなる。その心配と、缶コーヒーの温度を天秤にかけた末に、僕は冷たくもなく、温かくもない缶コーヒーを選んだ、というわけなのだ。

窓の外を眺めながら、時々缶コーヒーに口をつける。のんびりとした休日の朝。十一時十五分に札幌に着くということは、それまでに身支度を整えればいい、ということ。たった一時間ぐらいの短い間なのだけれど、遠慮なくぼんやり景色を眺めていられることなんて、平日の僕にはないことだ。しかも、窓の外の景色は、絶えず変化している。列車に乗っているのだから当たり前だけど、そんなことを思うのは、今僕に暇があるからだろう。ここにはテレビもなければ、オーディオ設備もない。本だって今日は一冊も持ってこなかった。誰にだって休日には暇があるものだけれど、なぜか皆その暇をつぶそうとしてしまい、暇な時間そのものを、積極的に味わおうとはしない。僕も家にいたらそうだ。なんとなくテレビをつけたり、音楽を聴いたり、本を読んだりしてしまう。楽しめているのなら、それもいい。でも、ほとんどの場合、それほど意識を集中させることも、心から楽しむこともなく、ただ情報を取り込んでいるだけだ。そしてそのほとんどが、生活に大きな影響を及ぼすほどのものではなく、どうしても欲しいものでも、夢中になれるほど楽しいものでもない。

窓の外を眺めていることだって、暇つぶしの一環なのかもしれないし、移り変わる景色を目で追うことは、ある意味、情報を取り込んでいることになるのだろう。でも、違うのだ。暇だなあ、と暇に正面から向き合う余裕があるし、今日僕に与えられた暇をストレートに感じることができる。その上、暇でありながら、退屈ではない。暇つぶしをしている時より、刺激は少ないはずなのに、なぜか退屈ではないのだ。

この時間になると、ああ、もうすぐ着いてしまうのか、と寂しい気分になりがちだけれど、日曜の朝、上野に着く時に比べると随分マシだ。札幌に着いたら何をしようか、と考えることもできるし、帰りもまた北斗星に乗れるからな、と自分を慰めることも出来る。でも、上野に着く時の寂しいような気持ちも、実は嫌いではない。一日にも満たない時間を過ごしただけの札幌の街や、二晩過ごした北斗星の中での出来事が強く思い出されて、なぜだか涙が出そうになる。でも、列車が着くのは地獄でも、砂漠でもない。いつもの僕の街、僕の生活の場なのだ。僕は東京が嫌いなわけでも、東京から逃げたいわけでもない。両親や友人たちにうんざりしているわけでもない。

旅が終わる寂しさは、北斗星を知らなければ、札幌の街を知らなければ、知ることのなかった感情だ。つまり僕はこの旅を通じて、愛するものと離れる寂しさを知った、ということになる。まあ、一月後にはまた北斗星に乗るわけだし、札幌の街に二度と行けないわけでもないから、寂しさとしては非常に生ぬるいものなのかもしれないけれど、僕は確かに、そんな寂しさを知らなかった。

北斗星が、南千歳に停車した。札幌まであと三十分ちょっとだな。そろそろ髪をとかして、服も着替えて、身支度を整えようか。そうだ、歯も磨いていないや。

札幌に着いたら、何を食べるかな。札幌に来るのは十三回目なのに、僕はまだまだ、札幌の街を知らない。

美唄市の夫婦

勝男は、ほんのりとした寂しさを感じていた。それを覚ってか、妻の光江はさっきから押し黙っている。函館本線を走る、特急カムイの車内。美唄から札幌までは、三十分くらいか。二人は連れ添って、もう四十年以上になる。いつまでもおしゃべりの絶えない、新婚夫婦のような関係ではないが、それでも近所では、仲の良い夫婦で通っている。いつもなら光江が「ほら、お父さん、あそこに変わった形をした雲があるよ」なんて言い、勝男が「本当だ。なんだかくじらみたいだな」と応えるような、何気ない会話をぽつぽつするところだ。

東京へ行くのは、何年ぶりだろうか。一人娘の有希が大学を卒業した記念に、有休をとって光江と出掛け、三人で少し豪華な食事をした時以来だから、十年ぶりぐらいにはなるはずだ。あの時の料理はうまかった。メインディッシュは、牛肉をワインやらなんやらでこねくり回して、モダンに仕上げたもの。赤いワインによく合った。

東京もなかなか良いところだと、勝男は思っている。だがそれは、北海道での暮らしがあっての感情だということもわかっている。北海道にはないものが東京にはあるけれど、東京にはないものが北海道にはある。勝男にとっては、北海道にしかないものこそが大切なものなのだ。それがなにか、と問われても、具体的には答えられない。空気であり、水であり、肉であり、魚であり、野菜であり、空であり、草の香りであり、星であり、太陽であり。だから十年前に東京へ行った時も、たったの二日で疲れてしまった。いいところではあるのだけれど、尻のすわりが悪い。きらきらしていて、落ち着かない。まるで、ずっとテーマパークの中にいるような気分だった。テーマパークで遊ぶのは楽しいけれど、そこで寝泊まりするのは落ち着かないよ、勝男がそう言うと、光江は頷きながら、小さく笑った。

札幌駅について、乗り換えのホームで待っていると、しばらくして、ひときわ存在感のある長い列車が入線してきた。それを見て勝男の胸は、にわかに高揚した。列車の先頭には、青いディーゼル機関車が二両。その後ろには、青い客車が連なっている。

「ブルートレインだな。おれ、初めてだ」

「私もだよ。かっこいいね」

「これに乗せてくれるだなんて、有希と健太君は親孝行だな」

「そうだね。なんだか私、わくわくしちゃう」

「ああ、おれもだ」

今日の切符は、有希の婚約者である健太が用意してくれた。明後日には、二人の結婚式がある。結婚したい人がいる、と有希から聞かされた時、勝男は「おめでとう」の言葉より先に、「結婚式は東京でやるのか？　したっけ、結婚式に出るには、飛行機に乗らなきゃならないのか？」と口走ってしまった。それを聞いて有希は、あきれたように笑いながら、「大丈夫。今は北斗星っていう、便利な列車があるから」と、この列車のことを教えてくれた。

切符を確認し、三号車に乗り込む。二人が今夜を過ごすのは、「デュエット」という客室らしい。二階建てになっているようで、切符の番号によると、二人の部屋は下段、つまり一階だ。

「ちゃんと部屋になってるんだな。ちょっと狭いけれども、ホテルのツインルームみたいでないかい？」

「二階建てになっているのも面白いね。右と左の天井の出っ張りは、上の部屋のベッドかな」

「そうだろうな。それにしてもうまく造ってあるもんだ」

「うん。ここで寝るのも、楽しそうだね」

光江の笑顔と、今夜の旅への期待感から、勝男の胸の中にあったほんのりとした寂しさは、いつの間にか薄れていた。たった数日間、娘の暮らす東京へ行くだけの旅だが、旅というのはこうも人の気持ちを昂らせるものなのだろうか。

美唄に生まれ育ち、定年するまで市内の工場で働き続けた勝男は、いつも旅立つ誰かを見送る立場にあった。中学を出て、都会へ就職する者。高校を出て、都会へ進学、または就職する者。炭鉱が閉山し、町を出て行ってしまった幼なじみ。有希を東京へ送り出した時もそうだった。

これまでにも、旅行をしたことはある。しかし、今回はちょっと事情が違う。有希は結婚し、人生における新しい旅の出発点に立つ。勝男はそれを見送る立場にあるのだが、この出来事は勝男夫婦にとっても、新しい人生への旅立ちなのだ。

二人は心のどこかで、有希が北海道に帰ってくるかもしれない、と期待していた。ただ有希を東京に送り出した時から、いつかこんな日が来るかもしれない、との覚悟をしてもいた。矛盾しているようだが、有希が東京で結婚をし、東京に骨を埋める決心をしたということが明確になるまでは、この二つの感情が二人の中にずっと同居していたのである。

「もうすぐ、出発かしらね」

「うん、そろそろだろう」

北斗星は定刻通りに、札幌駅を発車した。上野までは、１２１４・７キロ。所要時間は十六時間余り。長い夜の始まりだ。

発車して間もなく、車内放送が。途中の停車駅や食堂車グランシャリオ、シャワールームの利用などについての案内をしている。健太は、グランシャリオでの夕食まで、予約しておいてくれた。

「食事は予約してくれてあるけども、シャワーはカードを買わなきゃならないみたいだな。どうしようか」

「うちを出てくる前に、お風呂に入ってきたんだから、今日はもういいんじゃない？」

「列車の中でシャワーを浴びるなんて、ちょっとおもしろそうだけどな。じゃあ、晩飯を食ったら、ここでのんびりするか」

「それもいいけど、さっき車内放送で言ってた、ロビー室っていうのも、行ってみたいね」

「んだな。でも、混んでるんじゃないか」

「混んでたら、明日の朝早くに行こうよ。最近はお父さん、毎日五時には起きてるっしょ。その時間なら、きっと誰もいないよ」

「ロビー室っていうのは、シャワールームと同じ車両にあるって言ってたよな。やっぱりおれ、カードを買ってくる。おまえもいるか？」

「私はいいよ」

「じゃあ、おれの分だけ買ってくる。急がないとな。売り切れてしまうかもしれない」

勝男は、慌てて食堂車へシャワーカードを買いに行った。

勝男が手に入れたシャワーカードには、日付と、予約の時間、ＡＢ二つあるシャワー室の、どちらを使えるのかが手書きで記入されていた。勝男が予約できたのは、二十一時から二十一時半までの間。実際にお湯を使えるのは六分間らしいが、予約時間は三十分単位になっていて、その間にシャワー室へ行き、カードを機械に挿入すれば、利用できるらしい。

カードを買って個室に戻ると、光江は勝男が個室を出た時と同じ形で座っていた。

両側の壁沿いに設置されたベッドには、そのまま寝転がることもできるが、壁には背もたれと、可倒式の肘かけがついていて、二人向き合ってボックス席のように座ることもできれば、どちらかのベッドに二人並んで座ることもできる。勝男は光江の向かいの、今夜の寝床となるはずのベッドに腰を下ろした。

「こんな風に座っていたら、この部屋だって、ロビーみたいでないかい？」

「ロビーっていうより、応接間だね」

「応接間か。まったくだ」

夕食の時間まで、二人は窓の景色を眺めながら、こうして座っていることにした。六月。一年でもっとも日の長い季節。窓の外はまだまだ、明るい。

勝男は窓の外を眺めながら、有希がまだ小さかった頃のことを思い出していた。

結婚十年目にようやく授かった娘。可愛くて仕方がなくて、二人で奪い合うようにして世話をした。有希がおぎゃーと泣けば、勝男は「ああ、おれが見る」とベビーベッドに駆け寄り、暑くはないか、寒くはないか、腹は減っていないか、おむつは濡れていないか、と夢中で確認した。汗をかいていれば拭いてやり、うちわで風を送ってやり、頬や手が冷たくなっていれば、上に一枚着せてやったり、抱き上げて、腕の中で温めてやったり。なぜ泣いているのかわからない時は、頭を撫でてやり、背中をさすってやり、それからぎゅっと抱きしめてやると、有希は大体泣き止み、やがて腕の中で眠るのだった。

秋が深まり、風が冷たくなってきた頃には、有希をねんねこ半纏でおんぶして、近所を散歩した。男性がねんねこ半纏で子どもをおぶっている姿が、珍しかったのだろうか。時々近所の連中にからかわれもしたが、それでも背中に小さなぬくもりを感じながら、散歩をしたかった。

幸せだった。とっても暖かくて、幸せだった。

「なあ、覚えてるか。有希が初めて、夕日、って言った時のこと」

「うん、覚えてるよ。お父さんが帰ってきて、あの子が玄関に走って行って、私がそれを追いかけて行って」

「玄関の扉を開けたまま抱っこしたら、小さな指を空に向けて……」

「夕日、きれいね、って」

「あの時おれは、賢い子だなあ、って思ったな」

「私は、芸術的なセンスがあるんじゃないかなあ、って思った」

「親バカだな」

「そだね」

親バカ、なんて自分で口走っておきながら、実はそうでもないよな、と勝男は思っている。

有希は本当に賢い子だった。芸術的なセンスがあるかどうかは定かではないが、美しいものに対する感性は鋭いようで、草や木、花や風、青空や、夕日や、月や、星を愛する少女であった。要するに、勝男にとって有希は、自慢の娘なのである。

「そろそろ予約の時間だな。食堂車へ行くか」

食堂車グランシャリオは、編成の真ん中あたりにある。二人してゆっくりと、揺れる車内を歩いてゆく。

「お父さん、ここがロビー室だね」

六号車にたどり着いた時、光江が目を輝かせてそう言った。車両の半分ほどは客室とシャワー室になっているが、残りの半分は絨毯敷きの床の上に、ソファーやテーブルが並べられた、ゆったりとしたロビーになっている。窓にはカーテンがかかっており、壁や天井には、電球色の照明。自動販売機も設置されている。まだ、時間が早いせいだろうか。ロビーには大学生ぐらいの、若い男性が一人座っているだけだ。

「さっきシャワーカードを買いに来る時にもここを通ったけれども、やっぱりここは、居心地がよさそうだな。飯を食ったら、ちょっとここでくつろごうか。時間が遅くなると、もっと混むのかな？」

「そうかもしれないね。でもあそこの自動販売機で、お茶でも買ってゆっくりしたら、きっと素敵だろうね」

ロビー室のある車両の隣が、お目当ての食堂車である。ドアを開けた瞬間、光江が「うわあ」と声を上げた。勝男も声こそ上げなかったものの、上品で落ち着いた雰囲気に、思わず息をのんだ。

案内されるままに席に着くと、しばらくして、和食懐石膳が運ばれてきた。六つに仕切られた四角い器の中には、小鉢が二つに、煮物、焼き物、刺身、炊き込みご飯がきれいに並んでいる。

「これはすごいな」

「うん、豪華だねえ。それに、インテリアも洒落てるじゃない。娘の結婚式に行くっていうのに、なんだか私たちが、ハネムーンをしているみたい」

テーブルの上のランプを見つめながら、少女のように笑う光江を見て、勝男は軽い後悔をした。

おれは、家族のために一生懸命働いてきた。会社でも、それなりの評価を得ていた。娘は立派に育った。夫婦仲だって、ずっと悪くはなかった。だが、光江との長い結婚生活の中で、一度だって光江とこんな風に、二人きりで洒落た食事をしたことがあったろうか。仕事が忙しかった、子育てに忙しかった、そんなことは言い訳にもならない。どんなに忙しくとも、その気さえあれば二人で洒落た食事をする時間ぐらいは作れただろうし、有希が巣立ってからも、会社を定年退職してからも、時間はあるはずなのに、そうしようなんてことは考えもしなかった。光江は良き妻だった。良き母親でもあった。おれはそんな光江を、もっと大切にすべきではなかったのだろうか。

もちろん、常に感謝はしている。光江のことを尊敬してもいる。愛している、なんて言うと背中のあたりがむず痒くなるけれども、おそらく妻を愛するという感情は、おれが光江に抱いている感情のことを言うのではないか、とも思う。しかしそれを口にしたことも、洒落た食事に誘うなどして、形に表そうとしたことは一度もなかったかもしれない。せいぜい、母の日には有希と共にカーネーションを贈り、誕生日やクリスマスに、プレゼントを渡していたぐらいだ。そこには、感謝の気持ちも、光江に対する愛情も込めていたつもりだけれども、そんな恒例行事のような、形式通りのことだけで、充分に気持ちが伝えられていたとは思えない。

「有希に、感謝しなくてはならないな」

「本当だよねえ」

「ハネムーンをしているみたいだって、言ったよな？　おれもそう思うよ。これはハネムーンだ。おれたち二人は、有希の結婚式が終わったら、新しい気持ちで暮らしを始めるんだ。

新しい気持ちで、新しい暮らしをな。それに向けての、ハネムーンなんだよ、これは」

「新しい暮らしか。そうだね。もういい歳だから、なんて言っていられないね」

「これから先はもうずっと、二人きりなんだ。たまにはまたこんな風に、洒落た食事でもしようや。新婚時代みたいに、なんてわけには行かねえだろうけども」

歳を重ねるにつれ勝男は、残りの人生について考えることが多くなった。あと何年生きられるのか。自分に残された時間で、どんなことが、どれくらいできるだろうか。自分が死んだ後、光江はどうするのだろうか。

有希はもう、美唄には戻って来ない。勝男の死後、光江は一人暮らしとなるだろう。元気ならばいい。でも、どこか体を悪くしたら？　もし、歩けなくなったら？　認知症を患ったとしたら？

どんなことがあろうと、自分が生きているうちは光江を支えよう、という気持ちを勝男は持っている。ただ、きっと自分のほうが先に死ぬだろう、とも思っている。はっきりとした根拠はないが、なんだかそんな気がしている。また、自分のほうが先に体を悪くして、光江に面倒をかけてしまう可能性についても、考えている。

歳を重ねるにつれて、肉体は衰えてゆく。肉体が衰えれば、できない事も増えてゆく。だが、八十になろうが九十になろうが、溌剌としている諸先輩方はいる。いつまでも、生き生きとしているために、必要なこととはなんだろうか。健康に気を配るのはもちろんのことだが、勝男には、精神的なものといおうか、気持ちの部分が大きいように思えるのだ。

気持ちの張り、生きがい、目標。どれも持ち続けるのが難しいものだけれど、それらを持っている人は、年齢に関係なく、溌剌と、生き生きとしているように見える。では、それらを持ち続けるために必要なものとはなんだろうか。きっと、人生を謳歌しようとする気持ち、態度、行動なのではないのだろうか。

たとえ、どちらかの体が不自由になって、どちらかがどちらかを介護するような状態になったとしても、それがどんなに大変であったとしても、きっと人生を謳歌しようと気持ちを持ち続けていさえすれば、苦しみも悲しみも、いくらかは和らぐはずだ。だからいつまでも、人生を謳歌しようとする気持ちを忘れないようにしよう。

勝男はそう決意し、下腹にぐっと力を込めた。

「ねえ、ねえ、早くロビー室に行こうよ」

食事が済むなり、光江が言った。勝男はもう少しグランシャリオの雰囲気を味わっていたかったが、光江の楽しそうな顔を見て、席を立つことにした。

食事をする前に通りかかった時よりは、随分にぎやかであった。片側の窓に面してあるカウンター席に、二人の若い男性。反対側の窓を背にして並ぶソファーの端に、勝男たち夫婦よりは少し若そうな、熟年のカップル。他にも何人か、席に座る様子もなく、話をしながら立っている人もいる。そのソファーの反対側の端に、二人は腰を下ろした。

「お茶でいいのか？」

「ああ、私が買ってくるから、お父さんは座っていて。お茶でいいんだね？」

「うん。コーヒーよりもお茶がいいな」

光江が勢いよく立ち上がり、弾むような足取りで自動販売機へと歩いてゆく。楽しそうだ。まるで、十歳か二十歳、若返ったようだ。楽しい気分というのは、これほど人を若返らせるのだろうか。

「お茶、小さいほうにしたけど、いいよね？」

「いいよ。お茶を飲みすぎると、小便が近くなるから。それにしても、楽しそうだな」

「そりゃ、楽しいよ。こんな列車に乗せてもらっているんだし、明後日は大切に育ててきた娘の、結婚式なんだもの。こんなに嬉しい日は、一生のうち、何度もないよ」

それは、勝男にとっても同じだ。こんなに楽しくて嬉しい日は、生まれて初めてかもしれない。

ロビーでしばらくくつろいでいると、だんだんとロビー室が混み合ってきた。二人は「混んできたから、そろそろ戻ろうか」と話し合い、個室へ戻った。食事をし、ロビーでの時間を楽しんだというのに、列車はまだ、北海道内を走っている。東京へ着くのは、明日の朝。それも早朝に到着、というわけでもない。日頃から朝の早い勝男にとっては、しっかりと身支度を整え、ゆったりと朝食を楽しんでも、まだまだ時間に余裕が残せそうなスケジュールだ。随分とのんびりとしたものである。

「着くのは明日の九時半ぐらいだったか？　世間が朝のラッシュでごった返している中、同じ線路の上を、こんなに快適な個室の中でのんびり過ごしながら走って行くのは、申し訳ないような気がするな」

「お父さんって、すぐにそういうこと考えるよね。やっぱり、真面目なんだね。いいんだよ、お父さんは、ずっと一生懸命働いてきたんだから。娘も立派に育ってくれたし、もう、ゆっくりしてもね」

「そうなんだろうけど、ついなあ。さっきも、これからは母さんと二人で、残りの人生をもっと楽しまないとな、なんて考えていたのに、やっぱり、なあ」

「そんなことを考えてくれてたの？　嬉しいよ。私も残りの人生、楽しみたい。さっきお父さんが言ってくれたみたいに、たまには洒落た食事をしたりね」

「そうだ。おれも頭を切りかえなきゃならないんだな。おれも母さんも、後ろめたいことは何もない。とにかくこの列車を降りるまでは、思い切り楽しもう」

「そうだよ。真面目もいいけど、そろそろ切りかえなきゃね。それに、明日は土曜日だから、休みの人も多いんでない？」

「そうか。明日は土曜日か。だったら、心配することもなかったな。でも、気持ちを切りかえる練習には、ちょうどいいかもしれないぞ」

「そうだね。わははは」

そんなことを話しているうちに、シャワー室を予約した九時になった。勝男は「じゃあ、時間だから、シャワーを浴びてくる」と、タオルを一本持って、シャワールームへ向かった。シャワー室の広さは、半畳ぐらいだろうか。シャワー室の手前には同じぐらいの広さの脱衣所があって、その壁に設置された装置にカードを差し込むと、シャワーの利用が可能になるようだ。脱衣室ですっかり裸になり、シャワー室に入ったところで、勝男はシャンプーと石鹸を持っていないことに気がついた。まあいい。家を出る前に風呂には入って来たから、身体を軽く流すだけでいいだろう。そう呟いて勝男は、正面の壁にあるシャワー装置の、緑のボタンを押した。

シャワー室といっても、ここはやはり列車の中。足の下では車輪が鳴っているし、列車の揺れもそれなりに感じられる。それが勝男には、楽しくて仕方がなかった。右手側には、縦横L字型に手すりが取り付けられていて、大きく揺れた時や、万が一急ブレーキがかかった際なども、それにつかまれば大丈夫なようになっているが、シャワーを浴びながら勝男は、これじゃなくて吊革がぶら下がっていたら、もっと面白いのにな、などと考えていた。

シャワーは六分間使えるけれども、シャンプーも石鹸も持っていないので、滝行をする修験者のように、ただただ頭からシャワーを浴びながら、勝男はその時間を堪能した。シャワーを済ませると今度は、脱衣室の壁にある鏡の前ですっかり薄くなってしまった髪を丹念に乾かした。普段はタオルでゴシゴシ拭いて、さらりとドライヤーを当てる程度だけれども、北斗星という列車内での特別な時間を、存分に楽しみたかったからである。

勝男が部屋に戻ると間もなく、列車が函館駅に到着した。少し長めの停車時間。ここの駅では、機関車の付け替えをするようだ。

「お父さん、どうして機関車を付け替えるんだろうね？」

「それはあれだ、函館駅は行き止まりみたいになってるからな。スイッチバックっていうのか、向きを変えるっていうのもあるし、これからとうとう青函トンネルだ。だから、それ用の機関車にするんじゃないのか」

「そうか、もうすぐ青函トンネルなんだね。列車に乗ったまま、本州に渡れるなんて、不思議な気分だね」

「うん。昔は連絡船だったもんな」

「それもこんな個室の中の、ベッドの上に寝転がったまんまでいかれるだなんてね。でも、たしかに便利なんだけど、津軽海峡冬景色は見られないね。昔は連絡船に乗るたびに、あの歌を思い出したもんだけど」

「何言ってるんだ、今は六月だぞ」

「そうなんだけど、時代は変わったなあ、って思ってさ」

「そりゃ、時代は変わるよ。世の中は進歩しているんだから。今はもうな、津軽海峡は渡るだけじゃない。くぐることもできるんだよ。まあ、どうしても津軽海峡冬景色が見たいときは、フェリーがあっから、そっちに乗ればいいしな」

「そうだね。好きなほうに乗ったらいいんだよね」

「どっちがいいかわからないけど、まあ、今日は青函トンネルのお手並み拝見と行こうか」

列車が函館駅を出発すると、すぐに二人は寝支度を整え、ベッドに横たわった。枕の下では、車輪がレールのつなぎ目を渡る音が、ゴトン、ゴトンと鳴っている。勝男は、その音を聞きながら、以前に観た、「海峡」という映画を思い出していた。

青函トンネル建設の様子を題材としたその映画の中では、トンネルの中に大量の水が噴き出したり、事故によって犠牲者が出たり、といった様子が描かれていた。津軽海峡の海底の、ずっと下を通る、全長53・85㎞の長大なトンネルだ。とてつもない難工事であったことは、間違いない。危険もあっただろう。工法的な限界、行き詰まりもあっただろう。おれたちがこんなに快適なベッドに寝転がったまま、津軽海峡という難所を超えられるのは、工事関係者の苦労のおかげだ。ありがたいこったな。

勝男は一度身体を起こして目をつむり、両手を合わせて、工事関係者や、工事による犠牲者に感謝した。そのまま背筋を正して津軽海峡を渡ろうかとも考えたのだが、せっかく皆が苦労して建設してくれた、青函トンネル。楽ちんだ、快適だ、なんてことを思いながら津軽海峡を渡るのが、苦労をして建設してくださった人々への礼儀であるような気がして、再びベッドに横たわり、足を存分に延ばした。

楽ちんだ。快適だ。

それでもせめて、青函トンネルの入り口までは起きていようと思っていたのだが、いつの間にか眠っていた。それも当然だ。列車の走行音や揺れというのは、心地よいもの。普段、列車に乗っていても、つい居眠りをしてしまう。まして、寝台列車だ。ベッドの上に横たわっているのだ。睡魔に勝てるはずもない。

勝男が目を覚ました時には、すでに列車は青森駅に着いていていた。光江は隣のベッドで、ぐっすりと眠っている。ここでまた、機関車の付け替え。「カチャン」と遠くで鳴った、やさしい連結音を聞いて、勝男はまた眠りについた。

翌朝はいつもの通り、五時ごろ目が覚めた。到着までは随分と時間の余裕があるように思っていたのだが、身支度を整え、グランシャリオで朝食をいただき、快適なロビーや客室でくつろいでいるうちに、あっという間に上野に着いてしまった。

上野駅のホームには、有希と健太が迎えに来てくれていた。

「お父さん、疲れたでしょ？」

「なんもさ。疲れたどころか、ゆっくり休めたって感じだよ。なあ、母さん」

「そうだよ。有希、素敵な列車に乗せてくれてありがとうね。ああ、そうそう、健太さんが予約してくれたんだってねえ。ありがとう。忘れられない思い出になったよ」

「それはよかったです。実は僕も、この列車には乗ったことがありましてね。お義父さんが、飛行機が苦手だって聞いたものですから、この列車ならどうかな、って思ったんですよ」

「健太君、バッチリだったよ。これからは、なにか用事があったら、いつでも呼んでくれ。この列車に乗って、来るから」

「ははは、そうですか。頼りにしちゃいますよ」

自分に、頼りにしてもらえる要素などあるのだろうか、と勝男は思った。

長身で、がっちりとしている、健太。大学時代には、サッカー部でゴールキーパーをしていたと聞いている。有希とは会社の同僚で、きっと仕事上の悩みなども互いに相談できる間柄なのだろう。これまで数回しか会ったことはないが、さわやかで、誠実な青年だとも感じている。一人娘を託すには、申し分のない相手なのだけれど、それが勝男には、少し寂しいような気がするのである。

おれの出る幕なんて、どこにもないじゃないか。

上野駅からタクシーに乗り、二人の新居へ向かった。十二階建てのなかなか立派なマンション。２ＬＤＫでちょっと狭いが、新婚の二人には、ちょうどいいのだろうか。

「こっちが私の部屋だよ」

「そうか。したっけ、健太君はどこで寝るんだ?」

「健太はあっちの部屋」

「夫婦別々で寝るのか? 新婚さんなのにか?」

「そうだよ。ＬＤＫが二人の共有スペースで、二つの個室はそれぞれのプライベートスペース」

「今の新婚さんって、そういうの、多いのか?」

「うーん、結構多いんじゃないかな。互いのプライバシーを尊重する、っていうのか」

勝男と光江は、結婚以来ずっと寝室を共にしてきた。有希が小さな頃には、二人の布団の真ん中にもう一枚子ども用の布団を敷いて、川の字になって寝たものだが、こういったスタイルで生活をする二人の間に子どもが生まれた場合、どっちの部屋に子どもを寝かせるのだろう。そんな疑問が頭をよぎったが、それを有希に質問するのはよくないことであるように、勝男には思えた。おれは古い人間なのだ。古い人間が、古臭いことを言ったたって疎ましがられるだけだ。

歳を取るのは寂しいことだ、と言う人がある。社会での役割が薄れ、親としての役割が薄れ、時代に取り残される。もう充分に頑張ったんだから、あとはゆっくりしなよ、なんて言葉はなんの慰めにもならない。勝男自身もそんなことを思って、寂しいと感じることが無いわけではないが、だからといってあまり自分が出しゃばるのも、若い人たちのためにならないと思ってもいる。新しい時代は若い人たちのものであり、若い人たちの新しい考えによって作り上げられていくべきものなのだから。

「お昼、予約してあるんですよ。昨夜は和食でしたよね。だから、今度は中華なんてどうかと思って」

「まあ、さすが健太さん。気をつかってもらって、なんだか悪いね」

嬉しそうに光江が言う。健太は本当に気のつく男だ。勝男は、これまでこのような気遣いを、光江に対してしたことがあっただろうか、と反省した。人にやさしくされれば、きっと誰だって嬉しい。そんなことは当たり前じゃないか、と言うのは簡単だが、その当たり前を、当たり前にとらえ、人はやさしくされたら嬉しいものだから、自分もなるたけ人にやさしくしよう、と考え、行動に移すのは難しいことだ。それどころか、当たり前のことなのに、当たり前であることを忘れてしまいがちになるものだ。

「有希、健太君はやさしい人だな。でも、それを、当たり前だと思っちゃいけないぞ。感謝してな。お互いがお互いを、大切にしてな」

「うん、わかってる」

本当にわかっているのか、大切にしているつもりじゃ、ダメなんだぞ、そう言いかけたが勝男は、その言葉を飲み込んだ。もうすっかり一人前になった娘には、余計なお世話だろう。

健太の予約してくれた店はなかなかに高級そうで、勝男は恐縮してしまった。一人いくらぐらいするのだろうと、店の前に置かれている、昼のメニューが書かれた立て看板をちらりと見てみたが、字が細かすぎてコースメニューの価格を確認することはできなかった。価格が大きく書かれていないということは、少なくとも安さを売りにした店ではないのだろう。やはりそれなりに、高級な店なのだ。

小さな個室に案内され、席に着くと、健太に「お義父さんはビールでいいですか？　お義母さんはどうされます？」と、注文する飲み物だけを確認され、メニューは見せてもらえなかった。飲み物や料理の値段がわからないことが、勝男をますます恐縮させる。

「ここにはよく来るの？」

光江が健太に質問した。健太は柔らかい笑みを浮かべながら、「時々、ですかね。何か嬉しい事があった時とか、なにかの記念日とか」なんて答えている。有希は「そんなにしょっちゅう来ていたら、破産しちゃうよ」なんて言っている。勝男はもはや、生きた心地がしなくなっている。

有希がいい給料をもらっていることは、うっすらと知っている。会社の先輩である健太も、おそらく有希以上の給料をもらっているはずだ。ここは比較的リッチな若者である二人であっても、頻繁に来ていたら破産してしまうぐらいに高い店なのだ。自分にはもったいない。

北斗星に乗せてもらって、昨夜はとてもいい思いをさせてもらった。充分すぎるほどの親孝行をしてもらったと、勝男は感じている。それなのにまだこの若い二人は、どんどん親孝行を積み重ねてこようとしている。

この二人の孝行心は、果てしない。

高級そうな店の、ランチコース。味にもボリュームにも、文句のつけようがない。恐縮しつつも勝男は、夢中で食べた。

満足感に浸りながら、食後のお茶を飲んでいる時、健太が信じられないことを口にした。

「僕たち、いずれは家を建てたいと思っているんですよ。それが実現したら、お義父さんとお義母さんにも、東京に出てきてもらいたいと思っているんです」

勝男には最初、意味が解らなかった。家を建てたら、新築祝いにでも来い、と言っているのだろうか。それなら言われなくともやって来るよ、北斗星でな、と言いかけて、あれ、そういう意味ではないのかな、と気づいた。

「健太君、それはいずれ同居をしよう、ということなのかな？」

「そうですよ。二人でそう話し合ったんです。僕たちの夢、ですかね」

それを聞いて光江を見ると、光江も驚いたような顔して、勝男を見ていた。見開かれた光江の月の奥には、動揺と共に、喜びが隠れている。

嬉しい提案であることは、勝男にとっても変わりはない。今時こんなことを言ってくれる娘婿なんて、めったにいやしない。

「ああ、それはありがたいことだけども、気持ちだけ受け取っておくよ。おれたちのことは気にしないでいい。なあ、母さん」

「そうだよ。気持ちは嬉しいけどね、二人で楽しく、幸せに暮らしてくれることが、私たちにとっては、一番いいことなんだから」

勝男たち夫婦は有希の幸せについて、度々話し合ってきた。だから、嬉しい申し出であるとはいえ、それを受け入れるつもりはないのである。

「どうしてですか。これは僕らの望みでもあるんですよ。ねえ、有希」

「そうだよ。そもそもこれはね、健太が言い出したことなの。君を大切に思っているから、君の家族も大切にしてあげたいって」

「そうか。有希はいい人を選んだな。母さん、これでもう、心配はないな」

「うん。健太さん、有希、自分たちの家族のことを大切にしてね。これから築き上げてゆく、新しい家族をね」

「そんな寂しいことを言わないでよ。私たちが家族じゃなくなっちゃうみたいじゃない。結婚したって、私たちはずっと家族でしょうが」

「うん、それはそうなんだけども……」

光江が、救いを求めるような目を勝男に向けた。勝男は頷いて、光江に助け船を出すべく言葉を探したが、すぐには見つからなかった。

両親と娘で営んできた家族も、これから有希と健太が築き上げてゆく家族も、家族は家族。しかし、それぞれにおける関係性と立場は、大きく違う。この世に生を受けた瞬間からそこに所属することが決まっていた家族と、自分自身でパートナーを選び、新しく生まれてくる生命を受け入れ、育ててゆく家族。娘という立場と、妻、母親という立場。でもやっぱり、家族は家族だよなあ……。

「どうなの？　お父さん」

「それは、どちらも家族だけども、ほら、立場が変わるだろう。今までは娘だったけれども、これからは妻だ。そのうちにお母さんになるかもしれない。なあ、わかるか？」

「でも、健太の妻であると同時に、お父さんとお母さんの娘でもあるわけだよね？」

「そうなんだけど……、そうだ、住んでるところが違うだろう？　おまえたちは東京で、おれたちは北海道」

「だから今は、将来一緒に暮らそう、って話をしてるんじゃない」

「でも、新婚さんの邪魔をしちゃ悪いしな」

「一緒に暮らすのは将来の話でしょ。家だって、今すぐ建てられるわけじゃないんだから、新婚生活を楽しむ余裕はいくらでもあるって」

有希の迫力に圧倒され、勝男は思わず目を伏せた。昔から芯が強いというのか、自分の考えを曲げない子だったが、それは今も変わっていないようだ。

「でもおれたちは、北海道でいいんだ。それに、離れていたって家族だよ。これまでだってそうだったし、これからもそうだ。ずっと娘であることに変わりはない。娘と一緒に暮らすなんてのは、親にとって理想的な形かもしれないけれども、おれたちはずっと考えてきたんだ。おまえが結婚した後の、二人の暮らしをな。おれたちは、おまえをちゃんと巣立たせなければならない。おまえをちゃんと巣立たせるためには、自分たちの生活は、自分たちでなんとかしなきゃならない。そういうことをな、母さんとふたりで、ずっと話し合ってきたんだよ。決して冷たい気持ちで言っているんじゃない。わかってくれないか?」

「わかってるよ。なんだか責めるような感じになっちゃって、ごめんね。でも、なんだか寂しくて……」

顔を伏せた有希の肩を、健太が優しく抱き寄せた。優しい顔だな。どうしたらそんなに優しい顔をできるのだろう。勝男は感心しながら、健太の顔を見つめた。

「健太君、これがマリッジブルーってやつかな?」

「どうなんでしょう。ただ、結婚をすることによって、ご両親との関係が薄くなってしまうようで寂しい、なんて思いはあるみたいですよ。だから僕たちは、いずれ家を建ててご両親を東京に呼ぼう、という夢を持つようになったんです」

「そうなのか。健太君、君は本当にいい人間だが、一つだけ欠点がある」

「なんですか、それは」

「パートナーに甘すぎるよ。優しいのはいいことだけれども、甘いのはいかん。君が有希を幸せにするんじゃない。二人で協力して、幸せな人生をつかまえるんだ。もっとも、おれたちも君のことは言えないけどな。一人娘だからって、ちょっと甘やかしすぎたのかもしれない。でも、有希は可愛くてなあ。小さな頃も、大きくなってからも、ずっとずっと、可愛くてなあ」

「甘やかしすぎただなんて、そんな。有希は自立した、しっかりとした女性ですよ。きっとお義父さんとお義母さんの子育ては、間違っていなかったと思います」

「確かに有希はよく勉強する子だったし、何にでも一生懸命取り組む、いい子だった。でも、素晴らしいパートナーとこれから人生を一緒に歩み始めるというのに、寂しいなんて言うのは、よくないことだよ」

「お父さん、何がよくないことなの？　お父さんとお母さんは、私にとって大切な人なんだよ。私は、お父さんとお母さんのことが、大好きなんだよ」

有希の言葉を聞いて、勝男は胸が一杯になった。三十を超え、立派に育ったように見える娘が、自分たちのことを、大切な人、大好き、などと言ってくれている。でも、それに甘えるわけにはいかないのだ。

自分たちはいずれ死ぬ。有希をどんなに可愛く思っていても、大切に思っていても、いつか別れなければならない。有希は一人娘だ。自分たちが死んだ後、頼れる兄弟もいない。東京で暮らしていれば、北海道の親戚とも、縁が薄くなってしまうだろう。そのことをずっと勝男は、心配してきたのである。

有希の結婚は、いわばチャンスなのだ。健太となら、きっと有希はうまくやっていける。二人手を取り合って、力強く人生を歩んでいける。だからこれからは、有希に対する自分たちの影響力、存在感を徐々に薄くしてゆくようにしたほうが、いいのではないだろうか。二人で生きてゆく、という気持ちを、有希が強く持てるように。自分たちがいなくなった後も、有希がしっかりと自分の人生を歩んでいけるように。

「有希よ、寂しいなんて言うのは、やっぱり悪いことだぞ。新しい門出なんだ。しっかりと前を見つめなさい。父さんと母さんの言ったこと、ちょっと冷たいと思うかもしれないけども、お前の隣にいる健太君は、温かいだろう。これで、バランスが取れるんだ。父さんと母さんのことを冷たいと思うなら、健太君にもっともっと、やさしくしてもらえ。おまえもそれ以上に、健太君にやさしくしてあげろ。子どもができても、同じようにな。誰かにやさしくしてもらうことは、幸せだ。でも、誰かにやさしくしてあげられることのほうが、もっと幸せなんだ」

「だから私は、お父さんとお母さんにも……」

「おれたちは、もういいんだ。そういう、やさしい気持ちを持ってくれるだけで充分なんだよ。なあ、母さん」

「そうだよ。お父さんとお母さんはね、もう充分なの。これからも二人でずっと、北海道で暮らしていくから、有希は健太さんと、新しい家族のことだけ、考えなさい」

「でも、やっぱり、寂しいかも」

「どうしても寂しい時には、電話しろ。いつでも東京にくっから。父さん、飛行機は苦手だけども、北斗星なら大丈夫だ。健太君、いい列車を教えてくれて、ありがとうね。気に入ったよ」

有希と健太の新しい門出。親子の関係性は変化しても、家族であることには変わりはない。東京と北海道。遠く離れた二つの家族は、北斗星の走る線路で結ばれている。そのことに勝男は、とてつもない心強さを感じていた。

もう、なにも心配はない。有希には健太君がいるし、おれたちには、北斗星があっから。

上京する新社会人

東京へ行きたい、そう僕が告げた時、母さんはちょっと悲しそうな顔をしたけれど、ダメだとは言わなかった。この町には若い人が少なく、高校を出ると皆、札幌や旭川、そして東京に出て行ってしまう。大学はないし、雇ってくれる会社も多くない。だからある意味それは、仕方のないことなのだ。母さんがダメだと言わなかったのも、そんな状況と、僕の将来を考えてくれたのだと思う。

母さんは町の病院で、看護師をしながら僕を育ててくれた。元々は東京にいたのだけれど、僕がまだ小さい頃に離婚をして、この町に戻って来たらしい。その時、看護師の資格を持っていて本当に良かった、と何度も聞いたことがある。看護師の資格を持っていたから、この町に戻ってくるという選択ができたのだ、とも。

母さんが夜勤の日にはいつも、おばあちゃんの家で過ごしていた。うちから歩いて五分とかからないところだから、学校から帰ってきたら、すぐに翌日の支度をして、おばあちゃんの家に行き、翌日はそのまま学校に行く。おばあちゃんは料理が上手だし、とても優しい人だから、母さんが夜勤だからといって、寂しさを感じることは一度もなかった。これはきっと僕にとって、いいことだったと思う。

おばあちゃんの家での夜は、いつだって楽しく、晩御飯もおいしかった。よく、おばあちゃんの手伝いもした。芋の皮をむいたり、豆の筋を取ったりしながら、おばあちゃんは色々なことを教えてくれる。それが嬉しくて、どんどん僕は料理に興味を持った。

小学校も高学年になると、母さんが夜勤明けの日には、時々僕がおばあちゃんに習った料理を作るようになった。おばあちゃんは母さんの母さんだから、母さんの好きなもの、好きな味付けなんかについても、よく知っている。だから母さんの好みに合うのは当然のことで、いつも「とってもおいしいね」と嬉しそうに食べてくれた。僕は母さんをもっと喜ばせたくて、おばあちゃんに教えてもらいながら、レパートリーを増やしていった。

僕はいつしか、料理人になりたいと思うようになった。

学校で、進路指導の先生と面談をした時、「料理人になりたい」と言ったら、調理師の資格が取れる専門学校への進学を勧められた。専門学校へ行けば、基礎から調理を学べるし、就職にも有利だ、と。でも僕は、専門学校に行くつもりにはなれなかった。だって、専門学校へ行けばお金がかかるし、卒業して就職するまで、給料がもらえない。資格がなくても、調理の仕事に就くことはできるし、二年以上の実務経験があれば、試験を受けて調理師の資格を取ることもできる。

僕は高校を卒業したら、自分の力で生活したい。調理師の資格だって、自分の力で取りたい。それに、早く給料をもらえるようになりたい。給料をもらえるようになったら、母さんやおばあちゃんに何かプレゼントをして、喜ばせてあげたい。

そしてもう一つ、僕は東京に行ってみたい。

東京は、僕が生まれたところだ。母さんが父さんと離婚をしたのは、僕がまだ三歳の頃だから、はっきりとした記憶はあまりないのだけれど、ぼんやりと、うっすらと、覚えている風景がある。たとえば、父さんと二人で手をつないで、散歩をしながら見た、大きな川。なんて川かは知らない。たぶん、家の近所だったのだろうけれど、僕が東京のどこで生まれ、三歳になるまでどこに住んでいたかは知らない。母さんに聞いたこともない。東京でのことを母さんは一切話してくれないから、きっと触れてはいけない事なのだろうな、という気がしている。

母さんが、どうして父さんと離婚したかは知らない。でも、その後僕を一度も父さんと会わせようとしなかったことを考えると、たぶんややこしい理由があったのだと思う。父さんがどんな人だったかは知らないし、顔だってはっきりとは覚えていない。たとえ東京ですれ違ったとしても、その人が父さんだとはわからないだろう。

父さんに会いたいとは、思っていない。でも、僕が小さな頃暮らしていた場所を見つけてみたい、という思いは、ほんの少しだけだけれどある。もちろんこれが、僕が東京に出たいと思った理由ではないのだけれど。

僕は東京で、大人になるつもりなのだ。進路指導の三者面談で、料理人になりたい、でも専門学校へ行くつもりはない、そう告げた時、担任の先生は札幌のホテルを紹介しようとしてくれた。そこで初めて僕は、東京に行きたい、と母さんと先生に言った。料理人になることについては、母さんも賛成してくれていたけれど、たぶん先生と同じように、北海道内のホテルやレストランに就職するつもりなのだと思っていたのだろう。

母さんは僕が東京に行くことをきっと止めやしないけれど、寂しがるかもしれないな、とは思っていた。僕だって、母さんやおばあちゃんと離れて暮らすのは寂しいけれど、僕が大人になるためには、寂しさを乗り越えることも必要なのだ。それに、僕が将来一人前の料理人になれたら、母さんもおばあちゃんも、ああ、あの時東京にやってよかった、と思ってくれるはずだ。

明日の朝、僕は上野に着く。上野には、僕がこれから勤める店の人が迎えに来てくれることになっている。それから寮に連れて行ってもらって、明後日から始まる仕事と、東京での暮らしの準備を始める予定だ。店の板長とおかみさんには、面接をしてもらった時に一度会っている。板長もおかみさんも、優しそうな人だった。だから僕は、新しい暮らしに不安を抱いてはいない。だって僕は、大人になるつもりで、東京へ出るのだから。

新しい暮らしに不安もないし、さあ、やるぞ、と気合も入っているつもりなのに、今こうして寝台列車の二段ベッドに横になっていると、なんだか胸の中がざわざわして仕方がない。

一体どうしてだろう。ゴトン、ゴトンと枕の下で鳴っている、車輪とレールの音は心地よい。わずかな揺れもそうだ。下の段の人や、向かいのベッドの人が騒がしいわけでもない。でも、胸の中がざわざわして仕方がない。

もう、夜の九時を過ぎている。小さな頃から母さんが夜勤の日には、おばあちゃんの家に預けられていたせいか、僕は同年代の友達より布団に入る時間が早い。母さんも夜勤の日以外は、体調管理のためと言って早く眠るので、とにかく僕には早寝早起きの習慣が身についている。普段なら、夜の九時ともなれば、そろそろ眠たくなるはずなのだ。

いつもと環境が違うせいもあるのだろうけれど、それればかりではないような気もする。もしかしたら僕は、寂しいんじゃないだろうか。

僕は今、希望に満ちている。これから勤める店は、東京の一等地にある。味の評判だっていいようだし、よくはわからないけれど、きっと一流の店なんじゃないだろうか。そこでしっかりと修業すれば、僕も一流の料理人になれるかもしれない、そう思っている。母さんの言っていたように、手に職もつくはずだ。いずれは自分の店を持つことも考えているし、修業の末に立派な店を持った先輩がいることも、おかみさんから聞いた。板長も、そういう夢を持つことは大切だし、応援するとも言ってくれた。

だから、東京に行くのが怖いわけじゃない。大きな希望を持っていくのだから、怖いどころか楽しみなぐらいだ。それなのに、こんな風に胸がざわざわするのは、寂しさを感じているからだとしか、考えられない。僕が眠る時、いつも同じ屋根の下には、母さんかおばあちゃんがいた。今、同じ車両の中に人は沢山いるけれど、知らない人ばかり。小さな頃から僕はずっと、母さんやおばあちゃんの温もりをどこかで感じながら、眠っていたのだ。目に見えるものではないし、それを強く意識したことはないけれど。

寂しさに引っ張られていては、前に進めない。僕にはこの寂しさを振り切る必要がある。これからは家族と離れて、一人で歩いていかなければならない。これは自分で選んだ道だ。

先生が調理の専門学校への進学を勧めてくれた時、母さんもそれに賛成していた。でも僕は、早く大人になりたかったから、すぐに就職することを選んだ。母さんは看護師だし、生活に困るようなことはないけれど、専門学校の学費は高いし、札幌や旭川などの大きな町に下宿することになるだろうから、きっと負担は大きいだろう。母さんは、それぐらいの貯金はあるから、心配しなくていい、と言ってくれた。僕も心配はしていないけれど、母さんが一生懸命貯めたお金なのだから、母さん自身のために遣ってほしい、そう思う。母さんがいつも頑張っていたことを、僕は知っているから。

ベッドに寝転がっていると、色々なことを思い出したり、考えたりしてしまう。このままでは、どうせ眠れない。僕は気分転換のために、ロビー室に行ってみることにした。

ロビー室の窓際の、カウンターのようになった席に座って、窓の外を眺める。外は真っ暗だ。森の中を走っているのだろうか。そのうちにぽつぽつと灯りが見え始め、その密度がだんだんと増してゆく。列車が大きな町に入ったようだ。

列車は間もなく、函館駅に着いた。函館か、とつぶやいたら、何故だか涙が出た。もう、こんなに遠くまで来てしまったのか。それに函館って、北海道の一番南の方にある町だ。津軽海峡を越えたら、そこはもう本州。僕の育った北海道ともお別れだ。

ロビー室には、他にも乗客がいる。泣いているのを見られたら恥ずかしい。僕は下を向いて、目が疲れた人がやるみたいに、人差し指と親指で目をぐりぐりやりながら、涙をごまかした。

列車はここで機関車を付け替えるようで、なかなか駅を出発しない。僕はここから早く離れてしまいたいような、ここにずっと留まっていたいような、矛盾した気持ちを抱えたまま、出発を待っている。僕は北海道を離れるのが嫌なのだろうか。それとも東京に行きたいのだろうか。きっとそのどちらの気持ちも、僕の中にあるような気がする。

列車が動き出した。函館駅からは進行方向が逆になるから、一瞬このまま札幌へ戻っていくような錯覚を覚えたけれど、やはりポイントは切りかえられていて、青函トンネルの方へ向かってゆく。涙がどんどん出てきて困った。

新しい暮らしのことを考えよう。僕は自分が東京へ出る意味を、必死で思い出そうとした。

僕が東京へ出る理由。それは、母さんやおばあちゃんと離れ、料理人としての修業をし、自分の力で調理師免許を取るため。でも、改めて考えてみると、札幌や旭川、さっき通った函館にだって、ホテルやレストラン、料亭などはある。つまり、北海道の中でも、料理人としての修業をし、自分の力で調理師の免許を取ることは出来るのだ。するとこれは、東京に出る理由にはならない。じゃあ、なんなのだ？　僕は東京で修業をしてみたかった、のだろうか。確かにそれはあるかもしれない。東京は日本の首都であり、日本中で最も飲食店が多いところだから、当然、一流と呼ばれるような店も多いはず。一流の料理人になろうと思うのならば、東京で修業をするのは、選択肢として有効だろう。でもそれは、僕の正直な気持ちだろうか。東京に出る理由としては辻褄が合っているけれど、実は、小さな頃に暮らしていた東京に行ってみたい、というのが、本当は一番大きな理由なのかもしれない。

どうして僕は、そんなことのために東京へ出ることにしたのだろう。自分で稼いで、貯金をして、休みをもらって、東京へぶらぶら遊びに行くだけではだめだったのだろうか。いや、それではダメなのだ。僕はきっと東京で暮らしてみたいのだ。じゃあ、なぜ東京で暮らしたいのだろう。それがわからない。

東京で暮らしていた小さな頃の記憶なんて、そんなにない。ただ、父さんと手をつないで見た、あの大きな川の景色は鮮明に覚えている。夜、布団の中で目をつむった時、あの景色が瞼の裏にふんわりと広がってくることがある。それは随分小さな頃から、今まで続いていて、あの景色を瞼の裏で見られた日は、なぜかホッとして、よく眠れるのだ。僕はあの景色が好きなのだろうか。大きな川の、高い堤防の上。川と、曇り空と、家々の屋根。土手の斜面に生えている草。ちょっと下流の橋。ジョギングをしながら、通り過ぎてゆく人。

たいした特徴もなく、景勝地と呼ばれるような場所でもない、どこにでもありそうな景色。でも、その景色を瞼の裏に見た時、僕は大きな安らぎを覚える。その安らぎはもしかしたら、川の景色からじゃなく、手をつないでいる父さんが与えてくれるものなのかもしれない。

僕はこれまで、父さんに会いたいと思ったことはなかった。ただそれすらも、僕の本当の気持ちだったのかはわからない。僕の母さんはやさしくて、働き者の、いい母さんだ。だから僕は、父さんのことを話していけないと、ずっと思ってきた。父さんのことを話せば、母さんが悲しむような気がしたからだ。

どちらに原因や落ち度があって、二人が別れることになってしまったのかは知らない。ただ、僕は母さんに引き取られ、母さんに育ててもらった。だから、母さんの味方でいなければならない、母さんを裏切ったり、悲しませてはいけない、そんな思いが僕の中にはずっとあったように思う。僕は父さんに会いたくないのではなくて、父さんに会いたいなんてことを考えないようにしてきたのかもしれない。父さんに会いたいと思うこと自体が、僕を一生懸命育ててくれた母さんへの、裏切り行為であるような気がするから。

列車はレールの上を淡々と進んでゆく。どんどん、母さんとおばあちゃんが遠くなってゆく。僕にはこの距離が必要だったのだろうか。僕が僕の人生を歩むためには。

「一人旅かい？」

男性に声を掛けられた。笑顔のさわやかな、人懐っこそうな人だ。きっと、悪い人ではないだろう。

「東京に就職するんです。明日寮に入って、月曜から仕事です」

「ああ、もう春だもんね。新しいスタートか」

「はい。僕、料理人になるんです」

「ほう、それはすごいね。その若さで故郷を出て、料理人の修業か。僕にはない強さだな」

「強さ、ですか」

「そうだよ。強い意志と、強い心を君は持っているんだと思うよ。僕は今も親元で生活していてね。生まれも育ちも東京で、東京以外の生活を知らない。一人暮らしをしたこともないし、三十をとうに過ぎているのに、まったくの世間知らずなんだ」

料理人になることについても、東京に出ることについても、母さんは反対しなかったけれど、それは僕の意思を尊重してくれたからで、本当は母さんも、僕とずっと一緒に暮らしたかったはずだ。一人息子として、大切に育ててくれた母さんに、寂しい思いをさせてしまっている。そう考えると、この人のお母さんは、僕の母さんより、幸せなんじゃないだろうか。

「でもそれは、親孝行なんじゃないですか?」

「親孝行なんて、考えたこともないよ。ただ、なんとなくこうなっているだけだから。将来何になりたいとか、どんな生活をしたいとか、あんまり考えずに、地元の小中学校から、入れそうな高校、大学に入って、たまたま採用してくれた会社で働いている。だから君みたいに、料理人になる、なんてはっきりとした意志を持って、行動を起こしている人を見ると、なんだか恥ずかしくなるよ」

「恥ずかしいだなんて、そんな。僕は料理の修業をするために東京に出ますけど、もし東京で育ったのなら、きっと親元で生活しながら、料理の修業をしますよ」

「しかし君は、北海道ではなく、東京で修業をしようと思ったんだろう? 北海道はおいしいものの宝庫だ。料理の修業をするには悪くないところだと思うけど、なにか考えがあって、そうしたんだろう?」

「まあ、そうですけど」

「ねえ、もしよかったら、その考えを聞かせてくれない? 君がなぜ、北海道ではなく、東京を選んだのか」

難しい質問だ。今の僕にははっきりと答えられない。それどころか、たった今、自分がなぜ東京に出るのかを、考えていたところだ。僕のこの迷いを、そのまま話したら、この人をがっかりさせてしまうだろうか。でも、適当な理由を考えてこの人に話すのは、いけないことであるような気がする。

「僕はただ、東京に行ってみたいと思っただけなんです。なぜ行ってみたいと思ったのか、それは自分でもよくわからないんです」

「なるほど。直感のようなものなのかな？　なかなか興味深い」

「強い意志と心を持っている、なんてさっき褒めてくれましたけど、がっかりしないんですか？」

「がっかりなんてしないよ。はっきりとした理由はわからなくても、君は東京へ行きたいと思い、今この列車に乗っている。理由なんて、なんでもいいんじゃないかな。こうしたい、という気持ちが湧き上がってくること、それを叶えたいと行動すること、それが素晴らしいんだよ」

確かに僕は、東京に行ってみたいと思った。母さんに寂しい思いをさせても、はっきりとした動機がわからなくても、僕は東京に行くために、この列車に乗っている。

「それでいいんでしょうか？　僕は、母さんやおばあちゃんに寂しい思いをさせることをわかっていながら、東京に出るんです。動機すらはっきりしないのに」

「お母さんやおばあちゃんに、すまないと思っているの？」

「ええ。ほんのちょっとだけ」

「いいなあ。そういうの、とってもいいなあ」

何がいいのだろう？　僕にはさっぱり意味がわからない。

「母さんやおばあちゃんに寂しい思いをさせるのが、いいことなんですか？」

「いい、悪い、のいいじゃなくて、なんかこう、情緒があっていい、というのか、青春ぽくていい、というのか。君はドラマチックな人生を歩んでいるんだね」

「僕が、ですか？」

「そうだよ。僕は家族に寂しい思いをさせたことなんてない。だって、ずっと家にいるからね。僕が進んできた道についても、反対されたこともなかったし、内にある寂しい気持ちをぐっとこらえて、なんてこともなかった。進学も無難なところ、就職も無難なところ、すごいね、って褒められることはないけど、残念がられたこともない。それが僕なんだ。憧れるなあ、君みたいな人に」

着ているものだって、話し方や仕草だって、どこかあか抜けているし、ちゃんと大学を出て、今は社会で立派に活躍しているはずなのに、なにか満たされないものが、この人にはあるようだ。こうしたい、ああしたい、というのがまったくなかったと言っていたが、なんとなくでも立派な大人になれたというのならば、この人は色々な面で、恵まれた人であるように僕には思える。必死で何かを成し遂げようとしているのに報われない人や、どんなに頑張ってもいい結果が得られない人というのは、きっと世の中にたくさんいる。食べるのに困る人も、環境に恵まれない人も、きっといる。そういう人たちに比べれば、随分贅沢な話じゃないだろうか。

「すみません。僕にはどうしても理解できません。僕にはあなたが、環境にも資質にも恵まれた人であるように見えます。一体何が不満なんですか？　ああ、すみません。責めているわけじゃないんです。ただ、興味があって」

「恵まれた人か。確かに僕はそうかもしれない。別に僕は、自分の境遇に不満を持っているわけじゃないんだ。ただ、僕はずっとこんな風に生きて、こんな風なまま死んでゆくのかな、なんて思うと、とっても怖くなるんだよ。僕は自分の一生を何に費やしたのだろう、そんなことを考えながら死んでゆくのかなあ、なんて」

「でも、自分の一生を何に費やしたか、なんてことをはっきり答えられる人なんて、この世界に一体何人いるんでしょうか？」

「それはそうなんだけどね、何かに夢中になってみたいな、って思うんだよ。それはいけないことかな？」

「いけないとは思いません。何かに夢中になれるというのは、きっと幸せなことでしょう。でもそれはいいことばっかりじゃなくて、夢中になれることのために、何かを犠牲にしなくてはならない事だって、あるんじゃないんですかね？　それが大きすぎた場合、夢中になったことを後悔するかもしれないし」

「何かと引き換えに、何かを手に入れる、確かにそういうものなのかもしれないね。でも、何かを失うかもしれない、という恐怖を上回るほどの情熱を、僕は持ってみたいんだよ。君は東京で料理の修業をする、という選択をして、今この列車に乗っているけれど、そのために、なにか失ったものがあるのかな？　差しつかえなければ、教えて欲しい。初対面の君に対して、図々しいとは思うんだけど、情熱を持つことすらできない、哀れな男を助けると思ってさ」

哀れな男を助ける、と言われても、僕にはこの人が、どうしても哀れな男であるように見えない。ただそれは、僕が抱いただけの、個人的な印象であって、人の心の中まではわからない。それに初対面の僕に対して、立派な大人、もしくはそう見える人が、自分の心の中にある、決してプラスとは言えない部分、もしかしたら人にさらけ出すのは恥ずかしいのかもしれない部分をさらけ出しているのだから、僕も正直に自分の中にあることを、話してあげるべきなのかもしれない。さらに言うならば、これまでに僕は、こういうタイプの人と話す機会があまりなかったし、なにか勉強になることがあるかもしれない。

「失ったものとは、少し違うのかもしれないですけど、さっきちょうど、寂しさについて考えていたんですよ。母さんやおばあちゃんに寂しい思いをさせてしまう、ということだけではなくて、僕自身が感じる寂しさについてです」

「なるほどねえ。寂しさって、大切な何かを失った時に感じることが多いんじゃない？　君の場合は、お母さんやおばあちゃんとの生活を失ってしまうことに、寂しさを感じているんじゃないかな？」

僕にとって、母さんやおばあちゃんとの暮らしは、大切なものだった。だが、それより大切なものがあるか、と考えると、あるという確信はない。あるかもしれないな、と期待している、といったところだろうか。この頼りなさがあるから僕は今、寂しさを感じているのかな。

「そうかもしれません。僕は大切な暮らしと引き換えに、新しい暮らしを手に入れようとしている、というわけなのか」

「大人になるってことは、そういうことなのかもしれないよ。温かい場所から飛び出して、自分の手で温かい場所を拵える、というのか。もちろん、他にも色んな方法があるのだろうけれど」

「じゃあ、あなたも他の方法で、大人になればいいんじゃないですか？」

「えっ？　ああ、そうだね。その通りだよ。僕が大人になれないのは、僕自身に原因があるというのは、自分でもわかっているつもりなんだけどね」

失礼なことを言ってしまっただろうか。ただ、何度も言うようだが、ちゃんと大学を出て、ちゃんと社会で活躍しているこの人が、もし満ちたりない思いを抱えているのだとしたら、自分の力で解決するしかないんじゃないだろうか。ああ、そうか、この人は今、その方法を探しているのか。

「すみません。生意気なことを言って。きっと今、その方法を探しているんですよね」

「まあ、そうだね。ただ最近、ヒントのようなものを得られたんだ」

「そのヒントって、何ですか？」

「この列車だよ。僕は去年の十二月に初めてこの列車に乗ったんだけど、それから月一回ぐらいのペースで、乗るようになったんだ。この列車に乗っていると、ずっとワクワクしていられる。金曜の夜に東京から乗って、土曜日の夜に札幌からまたこれで帰るってだけなんだけど、僕は月に一度のこの旅を、とても楽しみにしているんだ。まだ、四回目だけどさ」

「夢中になっていますか？」

「夢中になっている、という状態がどんなものかわからないけれど、もしかしたらこれが、夢中になっているという状態なのかも、とは思っているよ。もしかしたら僕は、この旅を通して、ちょっと大人になれるかもしれない。なにしろ、一人で旅をするのも初めてだし、自分が生まれ育った東京以外の場所に、親しみや愛着を感じるのも初めてなんだ」

東京以外の場所に親しみを感じる、か。僕も自分の育った、母さんとおばあちゃんのいるあの町以外の場所に、親しみや愛着を感じることがいつか出来るのだろうか。もしそうなった場合、僕が今抱えている寂しさのようなものは、消えてなくなるのだろうか。

「あの、変なことを訊きますけど、初めてこの列車に乗った時って、寂しかったですか？」

「寂しかった、のかなあ……。まあ、初めての一人旅だったからね、ずっと誰とも話さなかったし、知っている人が周りに誰もいない、なんて状況も初めてだったから、寂しかったのかも」

「じゃあ、なんで寂しいことを何度も繰り返そうと思ったんですか？」

「もしかしたら、寂しさという感覚が新鮮で、楽しかったのかもしれないな。僕は営業の仕事をしているから、平日の昼間は取引先の人や同僚と話す機会が多いし、家に帰れば両親がいる。休日は友人と過ごしていることが多いから、寂しさを感じることがあまりないんだ。だから、寂しさを感じるとか、孤独を感じるということに、飢えているのかもしれない」

寂しさに飢える、ということが、僕にはわからないけれど、これまでに寂しさや孤独をあまり感じたことがないというのは、この人と同じかもしれない。僕は知らないうちに、寂しさや孤独に飢えていたのだろうか。僕が東京に出たいと思ったのも、寂しさや孤独に飢えていたからなのだろうか。

僕の場合は、少し違うのかもしれない。僕はまだ、寂しさや孤独というものを、意識したことすらなかった。東京に出る、と決めた時にも、そんなことは考えもしなかった。でも、自分で決めた道を進むということには、寂しさや孤独がついて回るのかもしれない。ということは、それらを乗り越える強さを持たない者には、自分で決めた道を歩く資格すらないのかもしれない。

「初めての孤独って、どんなものでしたか?」

「そうだなあ、案外と心地いいものだったよ。自由な感じがするというのかな。僕はわりと周りに気を遣うタイプでね、協調性には自信があるんだけど、自分自身でなにかを考えたり、決めたりするのが苦手なんだ。でも、一人ぼっちなら、なにをするにも、全部自分で決めなきゃならない。それが気持ちよかったんじゃないかな。こんな小さな旅だけれどね、これは僕がこうしたいと思って、こうしようと考え、一人で実行している。僕のこれまでの人生では、とっても珍しいことなんだよ。ちゃんと大人になれた人からすれば、こいつ何言ってるんだ、って笑われてしまうような、本当に些細な出来事なのかもしれないけどさ」

ふふふ、と笑ってその人は、窓の外を見つめた。その顔は寂しそうでも、恥ずかしそうでもなく、自信や充実感に満ち溢れているように、僕には見えた。

僕は明日から、どんな風に生きてゆくのだろう。就職先は決まっている。そこでやることも決まっている。住むところだってそうだ。でも、それが僕のすべてではない。僕がそこで感じること、僕がそこで考えること。寂しさや孤独が、僕に一体何をもたらすのか。僕はそれらを、どう乗り越えるのか。

「ありがとうございました。なんだかいい話を聞かせてもらいましたよ」

「僕のこんな話が、いい話かい？」

「そうですよ。僕も自分でこうするって決めたことを、初めて実行するんですからね」

「参考になったのかなあ？　もしそうなら、嬉しいけれど」

それから僕は眠たくなるまで、その人とずっと話をしていた。「さあ、そろそろ青函トンネルにさしかかるよ」とその人が教えてくれた時には、僕の中にあった寂しさは、すっかり形を変えていた。トンネルを抜けたら本州、明日の朝には東京。東京にはきっと、僕の居場所がある。いや、僕は必ず自分の力で東京に、僕の居場所を作る。

列車が、長い下り坂を進んで行く。僕はその途中で眠たくなって、「そろそろ失礼します」と自分の寝台に戻った。僕は眠らなくてはならない。明日のために。初めて会う先輩たちに、寝ぼけた顔は見せられないもの。

ただ、一つだけ心配なことがある。仕事に就いたら、夜、店の営業が終わり、片付けが済むまで、僕は眠気に負けず、ちゃんと働けるだろうか。

早寝早起きはいいことだと、おばあちゃんは言っていたけれど、僕はこれまで、あまりに早寝早起きをしすぎていたと思う。

新しい生活は、きっと楽ではないぞ。

僕は北斗星が青函トンネルを通り抜けるまで、起きていることにした。明日から始まる生活の、準備のつもりで。

名古屋の新婚さん

寝ても覚めても、金、金、金。生きるために最も大切なもの、それはなにか。金、金、金。なんていうのは、本心ではないけれど、時には自分自身すら、騙さなくてはならない時があるのだ。

小銭は貯金箱になるべく入れる。あまりたくさんは貯まらないけれども、いいのだ。こういうのは意識の問題。お金を貯めましょうね、というマインドに自分を持っていくための手段だから。

仕事帰りに意味もなくコンビニに寄って、レジ脇のから揚げとか肉まんとかフランクフルトソーセージを食べるという習慣をやめるだけで、ちょっとだけお金が貯まる。家に帰るまで、腹が減ってたまらないけれども、我慢。どうせ晩飯を食うのだから、別にいいのだ。おかずが足りなかったら、飯、飯、飯。すなわち白米。白米でお腹の帳尻を合わせろ！

はるかとは、もう一緒に住んで三年になる。三年も仲良くやって来られたのだから、この先もきっと大丈夫だろうと、結婚式を挙げて、籍を入れることにした。皆には結構反対されるかな、とも思ったけれど、意外と「ようやくきちんとする気になったか」というような反応が多くてびっくりした。結婚をすると決めたのは、確かにおれたちなのだけれども、皆、ちょっと無責任なんじゃないか？

こんなおれが所帯を持って大丈夫か？　と一番心配しているのは、おれ自身だ。きっと仲良くはやっていけるだろうとは思っている。でもおれ、しっかりやれるだろうか。全然自信はないが、幸いおれには根性がある。ここは根性の見せ所かもしれない。

工場の中で薄い鉄板を切ったり、折ったり、叩いたりがおれの仕事だ。冷房も暖房もないし、蛍光灯はなんか暗いし、他に働いているのは、おっさんとじいさんばっかだし、おっさんとじいさんは下ネタばっかり言うし、七十を超えた一番年長の職人は、口ばっかりであんまり仕事なんかしないクセに、給料日には風俗店に通っているらしいし、おれがちょっとミスすれば怒鳴りつけやがるし、社長はおれの給料を上げることなんて忘れて、毎日錦三丁目のクラブで飲みまくっているらしいし、まったく絶望的な職場だ。おれに未来なんてない。あるのは受け入れ難い現実と根性、およびロックンロールだ。

でもいずれ、ロックンロールには見切りをつけなきゃ、とも思っている。ロックンローラーって、皆バカだからな。おれの友達、全員バカ。おれも、例にもれず、バカ。ライブの時や酒を飲んだ時には、気が大きくなって、天下国家を語ったり、権力を威勢良く批判したり、行き過ぎた資本主義に警鐘を鳴らそうぜとか、全部ぶっ壊してやろうぜ、オー、とか言ったりするけれども、翌朝仕事に行けば皆、おれみたいにおっさんやじいさんに、どやしつけられている。この間なんて、親方に鉄筋でぶん殴られて、額から血が出て、ハチマキみたいに包帯を巻いて、バンドの練習に来たメンバーもいた。そんな毎日の中で、おれは思うんだ。おれたちこの先、どうなるんだろうって。おれたち、ロックンロールに騙されているんじゃないかって。

でも、やめられないんだ。ロックンロールは気持ちいい。セックスよりも気持ちいい。床屋で最後にしてくれるマッサージよりも、ガーってビールを飲んで、ゴーってゲップをするときよりも、トノサマガエルを握りつぶすときよりも、かさぶたをめくるときよりも、でっかいハナクソがとれたときよりも、気持ちがいいんだ。セックス、ドラッグ、ロックンロール、この三つの中では間違いなく、ロックンロールが一番いい。

気持ちのいいことばっかりやっていたら、人間がどんどんダメになってしまう。そんなことはわかっているんだ。ドラッグをやっても、酒を飲みすぎても、飯を食いすぎても、人間はダメになってしまう。ロックンロールも使い方を間違えれば同じだ。何かをぶち壊すどころか、何かから逃げ出すための口実になってしまう。今日はなんだか気分が乗らねえな、仕事をサボるか、別にいいよな、だっておれ、ロックンローラーだから、とか、酒を飲みすぎて財布の中が空っぽだ、でも別にいいよな、だっておれ、ロックンローラーだから、とか、彼女には悪いけど、なんだかこの女の子その気みたいだし、とりあえず一発やっとくか、別にいいよな、だっておれ、ロックンローラーだから、とか。

大好きなロックンロールを免罪符みたいにして、怠惰な生活を送り続ける自分のことは大嫌いだ。インチキなロックンローラーだな、なんてことも思う。おれは本物になれないんだ、だって、バカだからな。

そんな苦悩に苛まれ続けていたおれの前に突然現れたのが、はるかなのだ。

はるかは、友達がナンパした子の友達だった。友達がナンパした子に、私の友達だよって紹介された時、素朴で、地味で、真面目そうな子だな、と思った。化粧も派手じゃないし、スカートも短くない。髪は自然な栗色だし、でっかい声でつまらないことをべらべらしゃべらないし、変に粋がって、酒をがぶ飲みしたりもしない。友達がナンパした子の友達とは、とても信じられなかった。この人はバカじゃない、あの時おれは、そう感じたんだ。

でもおれはバカだから、バカじゃない人にバカな話ばかりをした。バカな話が珍しかったのだろうか、はるかはおれの話を聞いて、くすくす、くすくす笑った。かわいい声で。上品な仕草で。

率直に、いいと思ったね、おれは。

何カ月もしないうちに、前の道を大型トラックが通ると揺れる、おれのボロアパートで一緒に暮らすようになって、それからあっという間に三年過ぎて、いよいよ結婚だよ。お義父さんも、お義母さんも反対すればいいのに、と思うけれども、きっと肝が据わっているのだろう、そろそろ結婚するつもりです、と言ったら、「それは良かった。仲良くやりなさい」と言ってくれた。あれ、もしかしておれ、信じられている？　そう思ったから、おれ、腹を決めたんだ。ここは一発、根性見せてやろうって。

豪勢に、なんてのは無理だけど、一応結婚式と披露宴はやる。はるかの実家はおれの実家とは違って、ちゃんとした家だし、両親に限らず、親戚や兄弟もちゃんとした人だから。ケジメってのをつけないと。それから、新婚旅行にも行く。新婚旅行に行くと言えば、おれもはるかも、堂々と仕事を休める。一生に一度のチャンスだ。これを逃す手はねえよ。

おれには、乗ってみたい列車がある。「北斗星」という、上野と札幌の間を走っている寝台列車だ。テレビの番組で紹介されていたのを見たのだが、北斗星には、二段ベッドとか三段ベッドとかをカーテンで仕切るタイプの寝台だけじゃなく、豪華な個室もあるらしいし、食堂車では本格的なフランス料理のコースが食べられるらしいし、もう、その番組を見ている間ずっと、わけもわからず胸がどきどきして、仕方がなかった。一緒にテレビを見ていたはるかも、「素敵な列車だね。いつか乗ってみたいね」と言っていた。

だから、結婚しようと二人で決めた時、おれはまず最初に、「新婚旅行に行こう。北斗星で北海道へさ」と提案した。するとはるかは、「それ、いいね」とすぐに同意してくれた。

一生のパートナーとなる人。こういうところでぴたりと意見が一致するのは、いいことなんじゃないだろうか。

結婚式といえば、花嫁さんが主役。すなわち、はるかが主役で、おれは脇役。衣装から、披露宴の料理から、会場の飾りつけまで、大体のことははるかの希望通りにした。予算がそんなにたくさんあるわけじゃないから、希望通りといっても、限界はあるけれども。

結婚式の主役ははるかなのだから、新婚旅行については、おれとはるか、ダブル主演、という感じでもいいんじゃないですかね。それで、まあ、はるかは、衣装やら料理やらなんやらかんやら、色々忙しいので、新婚旅行の段取りは、おれが頑張るべきですよね。だから、近くのショッピングモールにある旅行代理店に行って、色々相談をして、日程とかホテルとか、列車の切符の手配とか、レンタカーとか、そういう段取りはおれの仕事、ということになった。

北斗星はとにかく人気があるようで、窓口のお姉さんには、頑張ってみますが、おれたちが希望している、ツインデラックスの切符が予定の日に取れるかどうかは約束できない、と言われた。その点については、おれも理解していたから、一日三本あるうちの、どの便でも構わないし、もしツインデラックスが取れなかった場合は、デュエットでもいいし、それも無理だった場合はシングル二つでも、解放寝台でもいいからと、具体的な妥協案まで示して、お願いをした。

ホテルやレンタカーは先に手配することができるけれど、列車の切符は一月前でないと予約できない。その日が来るまで生きた心地がしなかったけれども、そのお姉さんの人徳なのか、もしくはおれとはるかの人徳なのか、無事、一六時五十分発北斗星一号の、ツインデラックスの切符が取れた。

チケットやらクーポンやらを受け取りに行った時は、もう最高だった。お姉さんと三人で、いやっほう、という感じだったね。ありがとうって何回も言って、すごい、ナイス実力、旅行業界のプリンセス、持ってますねえ、ゴッドハンドですねえ、と散々お姉さんを持ち上げたら、私もなんだか嬉しいです、いい新婚旅行になるといいですね、なんてお姉さんも言ってくれて、結婚式の前から、忘れられない思い出を作ることができた。

そんなこんなで、めでたく結婚式を挙げて、披露宴も盛り上がって、いよいよ新婚旅行に出発だ。忘れ物がないか確認して、荷物を持って家を出て、まずは役所へ行って、婚姻届を提出。そのまま最寄りの駅から、名古屋駅に出て、新幹線で東京へ。在来線で上野へ出て、荷物をコインロッカーに預けて、とりあえず、地下鉄に乗ればすぐらしいから、浅草でも見物しようか、ということになった。田舎者丸出しだけれども、浅草へ行くなんて、中学の修学旅行以来のことだ。

浅草に着いたのは、昼頃だった。地下鉄の駅から適当に歩いて、雷門の脇の、雷おこしの店の二階で、飯を食った。田舎者丸出しだけれども、雷門がよく見える、いいところだった。

「楽しいかい？」

おれが訊くと、はるかはにこにこして頷いた。そりゃ楽しいわけだよ。新婚旅行だしな。これから、北斗星に乗れるわけだしな。おれも同じさ。

「これからどうするの？」

「そんなこと言われてもなあ。おれ、ノープランだよ。つうか、こうしてるのも落ち着かない。この後、北斗星に乗ると思うとさ、待ち遠しくって」

「待ちきれないの？」

「ああ、そんな感じだよ。そわそわしちゃう」

「じゃあ、なにか楽しいことをしてたほうがいいね。そうだ、花やしきに行ってみようよ」

「花やしきか。遊園地なら、楽しそうだね。あっという間に時間がたつかも」

「でしょ。行ってみよう」

食事を終えて、すぐに花やしきへ。田舎者丸出しだけれども、いいんだ。とにかくもう楽しんで、あっという間に時間が過ぎれば、それでいいんだ。

そう思って二人で花やしきに行ったのだけれども、すぐに飽きてしまった、というか、あまり遊びに集中できなかった。ジェットコースターに乗っても上の空。お化け屋敷に入っても、ちっとも怖くない。今おれにとって一番怖いのは、北斗星に乗り遅れること、もしくは、急に地震とか洪水とかが来て、北斗星が運休になってしまうこと。

「なんか、集中できないな」

「そうみたいだね。そうだ、たっちゃん、落語好きじゃん。演芸ホールへ行ってみない？」

「おお、落語な。落語ならいいかもしれんな、行ってみようか」

そう、おれは落語が好き。名古屋で開催される大きな落語会には、よく行っている。小さんの落語も聴いたし、米朝の落語も聴いた。人間国宝だぞ、二人とも。志ん朝、春団治、円蔵、ざこば、当代の名人は、ほとんど聴いている。でも、ホールで聴く落語と、寄席で聴く落語はまた違うものだ。

これならいいかも。

さすが、はるかだ。これはいい提案だった。おれは浅草演芸ホールで、夢中で落語を聴いた。トリは権太楼だったけれども、権太楼まで聴いていると、北斗星に乗り遅れてしまうので、その前に席を立って、上野駅へ戻った。目の前で客に席を立たれたら、トリを務める芸人さんは、いい気持ちはしないだろう。でも、仕方ないんですよ、権太楼師匠。おれっち、これから北斗星に乗んなきゃならないんですから。新婚旅行をしくじると、今後の結婚生活に支障をきたしてしまいますんでね。別に師匠の芸が、嫌いだからってわけじゃないんです。むしろ、好きですよ。いやいや、本当ですって。本当に後ろ髪を引かれる思いなんですよ。

そんなことを口の中でぶつぶつ呟きながら浅草を離れ、上野駅でコインロッカーの荷物を取って、十三番ホームに急いだ。北斗星はまだ、そこにはいない。

「よかった。まだ、入ってきていないね。やっぱりさ、入って来るところを見たいじゃんね。それを見ながら、これから旅が始まるぞ、って気分を高めたいっていうかさ」

「わかるわかる。気分、盛り上がるよね」

「そうだよ。盛り上がるよ。ああ、もう、緊張しちゃうね。なんか、気持ち悪くなってきた」

「大丈夫？」

「大丈夫だよ。きっと、病気とかじゃないから。たとえるなら、マラソン大会のスタート前の気分」

「ああ、それね。そんなに緊張することないよ。たっちゃんは頑張らなくてもいいんだから。頑張るのは、運転手さんとか車掌さんとか、レストランのスタッフさんとかなんだから。わたしたちは、のんびり旅を楽しめばいいんだから」

「わかってる、わかってる。でも、緊張しちゃうよ。なにせ、初めてのことなんだから」

そんなことを話しているうちにアナウンスが鳴り、北斗星がホームに入ってきた。

「たっちゃん、カメラカメラ」

「任しとけって」

カメラはすでに首からぶら下げてある。夢中でシャッターを切った。ちょっと暗いけれども、なんとか写るだろう。今日はいいカメラ持ってきたしな。明るいレンズをつけてあるしな。IS0800 のフィルムを入れてあるしな。

北斗星はバックというのか、機関車を最後尾にして上野駅の十三番ホームに入って来る。十三番ホームは行き止まりになったホーム、こういうのを確か、頭端式ホームと呼ぶんだったか。要するにコの字のような形をしている。だから、機関車を先頭にして客車を引っ張っていく形の列車は、入れ替え作業で機関車を前から後ろに付け替えるわけにもいかず、バックで入って来なければ、バックで出発していくしかなくなる。当たり前のことなのだけれども、こういう風に、客車を先頭にしてホームに入って来る列車を見る機会というのは、貴重だ。おれの住んでいる名古屋辺りでは見たことがない。そりゃ、写真にばっちり収めたくもなるというものだ。

出発したら最後尾になるはずの、客車の貫通扉が開いていて、そこに車掌さんなのか、運転手さんなのか、こういった作業を専門に担う人なのかはわからないが、鉄道員らしいパリッとした制服を着て、制帽を被った男性が一人乗っていて、その人の手にはトランシーバーのような機械が見える。あれで、運転手さんと連絡を取りながら、この長い列車を動かしているのだろうか。見ていると、ちょっとスリリングな感じがする。もし無線の電波が途絶えたら、運転手さんは列車を停めるタイミングがわからず、コの字型のホームにがちゃん、なんてことにはならないのだろうか。なんていうのは、余計な心配だろう。運転手さんは、列車を停める位置ぐらい、わかっているはずだし、列車の長さはわかっているわけだから、機関車が停まるあたりに目印となるものもあるんじゃないだろうか。だからあのトランシーバーは念のためというのか、なにかのアクシデントに備えて、ということなんじゃないかな、と思う。本当のところは、わからないけれども。

「面白いね」

はるかも興味深げに、その光景を見つめている。珍しい光景を見るというのは楽しいものだ。そもそも、珍しいものに出会いたいという気持ちこそが、旅行をする最も大きな動機なのではないだろうか。いつもと同じような景色を見て、いつもと同じようなものを食べ、いつもと同じような布団で眠るんじゃや、旅行って感じがしないもんね。

気の済むまで写真を撮って、車内へ。ツインデラックスの室内、最高。列車内だけあって、そんなに広くはないけれど、窓に向かうようにして机が設置されていて、それとセットの椅子がついている。反対側には二段ベッド。下の段は、背もたれの部分を起こすと、ソファーになるという仕組み。入口の横には、上着をつるしておけそうなロッカーもある。机の上には小さなモニターがあって、今は何も映っていないけれども、きっとなにか映像が見られるのだろう。

「ちょっと背もたれを起こして、ソファーにしてみようぜ。まだ寝る時間じゃないし」

「そうだね。まずはくつろごうか」

シーツの上には浴衣と枕がおかれていたので、上の段にちょいと移動させて、背もたれを起こした。背もたれの裏というのか、ベッドの表面というのか、そこにはシーツが掛かっていたので、このまま背もたれを起こして大丈夫なのかな、とは思ったけれども、そのままやった。もし、しわになったり、たるみが出たりしても、寝る時にピンと張ればいいからな。どうせ下で寝るのは俺だし。

ソファーの状態にしてみると、横幅がとても広い。ベッドの縦の幅そのままなのだから当たり前なのだ。三人は座れそうだけれども、やはり二人用で、真ん中のあたりには、可倒式のアームレストがついている。これを跳ね上げた状態にしておけば、大人一人なら横になれそうだ。横になりたいのなら、ベッドの状態のままでもいいような気もするけれど、ベッドにごろんと、ソファーにごろんでは、くつろぎの質が異なる。リビングのソファーにごろん、という感じで遠くまで行ける、というのが、なかなか面白いな、と思うのだ。

ソファーの状態にすると、なんだかレトロ感というのか、懐かしさのようなものが増した。ソファーの表面は赤黒格子柄の、モケット調の布で張られているのだが、これの効果が大きいのだろう。ベッドの状態にしてあっても、机についている椅子や、ベッドのわずかな側面にその布が使われているのがわかるのだけれども、赤黒格子の面積が増すことで、より強くその効果を感じるのだ。まだ二十代で、「昔はなあ……」なんて言う歳ではないけれど、こういう雰囲気って、なんだか落ち着く。温かみがあっていいなあ、と思う。

「私、あそこに座ってみようかな」

はるかが机の前の椅子に移動した。やったぜ、チャンス、とソファーに横になった。いいわあ。これ、普通の列車のロングシートでやったら、怒られちゃうもんな。行儀は悪いかもしれないけれど、このゆったり感、堪らん。

「その机、いいよね。勉強とかできそうだよね」

「うん、いい感じ。あ、そうだ、今日使った分のお金、計算しておこう」

そう言うとはるかは、カバンから手帳と財布を取り出して、レシートを見ながらなにやら手帳に記入し始めた。そうか、旅行の途中でもこうやって、きちんと使ったお金を記録しておいて、帰ってから家計簿的なものに転記するのだろうな。はるかはしっかり者ですよ、まったく。

新婚旅行で浮かれてはいるけれども、そうなんだよね、おれたち、結婚したんだよね。おれもちょっとは、これからの暮らしのこととか、真面目に考えんなきゃいかんな。

旅行というと、非日常の感覚を味わうものだとよく言われるけれど、新婚旅行の場合は、お金のこととか、将来のこととかを考えたり、話し合ったりしながら旅するのもいいかもしれない。新婚旅行は一生に一度の、特別な旅行だもの。

今日はツインデラックスに乗っている。明日は、南千歳で「おおぞら」に乗り換えて、釧路に向かう予定だ。もちろん、グリーン車。釧路で一泊して、翌朝レンタカーを借りる。ちょっと奮発して、オープンカーを予約してある。その日は阿寒湖畔の豪華旅館に泊まって、カニのしゃぶしゃぶやら、タラバガニの網焼きやらを食べる予定だ。その次の日は……、なんて考えていくと、この新婚旅行、結構贅沢しているな。

これからの暮らしのことを考えると、贅沢はほどほどにしておいたほうがいいのかもしれないけれども、新婚旅行でケチケチするのは嫌だな、と思って、二人で頑張ってお金を貯めた。といっても、お金の計算をしてくれたのは、はるかだ。おれは日頃の生活における無駄使いをやめただけだ。パチンコも競輪もやめたし、飲みに行く回数も減らした。自分では頑張ったつもりだけれども、元々しっかりしている人なら、こんなの、当たり前のことなんだよな。おれは自分のマイナス面をゼロ、もしくはゼロに近くしただけだ。

頼りないな、おれ。おれとはるかは将来、子どもを持ちたいと思っている。今はまだ、夢みたいな話だけれど。いつかお父さんになるつもりなら、今のままじゃいけない。子どもを持つなら、大人になるまで責任を持って面倒を見なくてはならない。真面目に、しっかりと生きなければならない。

お金のことは全部、はるかに任せるつもりだ。これぱかりはもう、自分ではどうにもならないことだから。給料もボーナスも全部はるかに渡してしまって、はるかが遣ってもいいよ、って言う範囲内でおれは無駄遣いをする。このやり方はきっとうまく行く。だって、そうやって結婚式の費用や、新婚旅行の費用を貯めたのだから。結婚式の費用や新婚旅行の費用を貯められたのなら、たぶん子どもを育てる費用だって貯まるはずだ。

改めて決意しよう。おれははるかに対し、お金のことで文句は言わない。

この新婚旅行みたいな贅沢は、もうしばらくは出来ないだろう。でも、いいんだ、おれはそれで。おれはもっと、頑張りたいんだ。

そんなことを考えながら、ソファーでゴロゴロしていたら、次の停車駅に着いてしまった。大宮かな。向かいのホームには、結構人がいる。北斗星はやはり目立つのだろうか。こちらを見ている人もいる。なんだか、急にゴロゴロしているのが恥ずかしくなって、窓の反対側の方に、しゅっと座りなおした。ちょっと背筋もピンとさせて。

はるかはとっくに手帳をしまって、持ってきた文庫本を開いている。机に向かって本を読んでいる姿なら、あっちのホームの人に見られても恥ずかしくはないわな。そうだよ、こういうところに人間性というのが表れるのだ。じゃあ、おれも本を読むか、なんて思うけれども、持ってきた本はカバンの中だ。慌てて本をカバンから取り出して読むのも、白々しい。早く出発しないかな。

「ねえ、なんでそんな風に姿勢を正して、壁をじっと見てるの？」

「別にいいだろう。おれの自由なんだから」

「でも、なんか変だよ」

「変かな。ちょっと、ほら、あっちのホームからの視線が気になるから」

「へえ、人目を気にしてるんだ。珍しい。自然体でいればいいじゃん」

「そうやって言うけどね、自然体でいるのが、おれには難しいんだよ」

「カッコつけてるんだ？」

「つけてねえよ。いいや、つけてるのかもしれんな」

あはは、とはるかが笑った。ほらな、おれはそうやってすぐ誰かに、笑われちゃうから。

列車が出発したらまたすぐに、ソファーに横になった。またきっと次の駅に着いたら、しゅっと座りなおすんだろうけれど、横になるのはやめられないわ。だって、気持ちがいいんだもの。

なんか、ちょっと粋がって、人の目なんか気にしないよ、なんてことをおれは時々言うけれど、それ、たぶん嘘なんだよ。おれはインチキなロックンローラーだから、カッコばっかりつけてる。偉そうな物言いもそう。反抗的な態度もそう。おっさんたちが顔をしかめるような、ファッションだってそう。人の目ばっかり気にして、そうしているんだよ。そもそも、人の目なんか気にしないって態度を取るんだって、人の目を気にしているからだ。ロックンロールは子ども騙し、なんてことを言う人もいるけれど、おれの場合はまず最初に、自分を騙しているんだよ。でも、自分を騙すのは難しい。子どもを騙すよりも、何倍もね。

人目を気にしないのなら、朝から晩までジャージで過ごせばいい。ステージにだって、ジャージで上がればいい。髪だってぼさぼさで、髭もボーボーで、ハナクソだって半分鼻の穴からはみ出させたまんまで、魂一つでシャウトすればいいんだよ。それなのに、わざわざ高い金出して、革ジャン買って、ジーパン買って、ブーツも買って、頭セットして、どう？ おれ、ロックンローラーでしょ？ みたいな雰囲気を醸し出そうとするのは、おれが人からロックンローラーっぽく見られたいからなんだよな。カッコいいって、言われたいからなんだよな。要するに、社会で堅実に生きる人々との違いは、他人からどう見られたいか、の違いに過ぎないんだよな。

もう、捨てちゃおうかな、ロックンロールなんて。しがみつくまでも、ねえのかもな。

もう、宇都宮だよ。また座りなおしだ。背筋を伸ばして、壁を見つめる。それを見てはるかはまた、くすくすと笑った。いいよな、はるかは。人目を気にする必要がないんだから。いつ誰に見られても、恥ずかしいことなんて、ないもんな。

自由って、きっとそうなんだよ。ちゃんと座って、いい姿勢で本を読んでいる時間を、少しも窮屈とかつらいとか感じなければ、そうやっている自分がありのままの自分というのか、自然な状態であったならば、人の目からは自由になれる。おれは、家で本を読む時も、いつも寝っ転がっている。でもはるかは、家にいる時も、ちゃんと座って読んでいるもんな。本と目の距離は、いつも大体三十センチぐらい。はるかは自然にそうしているのだろうけれど、おれにはそんな姿がとても美しく感じられるときがある。うん、美しいよ。ちゃんとしているっていうのは、美しい。

バカはつらいよ。バカが恥ずかしいから、人目を気にしなきゃならないんだ。バカは自分に自信が持てないから、自分を飾り立てなければならないんだ。バカはバカだから、どんなに自分を飾り立てても、やっぱりバカっぽいんだ。

「ねえ、そろそろ晩御飯の時間じゃない？」

「そうだね。着替えるか」

まもなく十九時。十九時から食堂車を予約してある。洋食のコース料理だ。おれはそのために、黒いジャケットを持ってきた。紫色のカッターシャツも。

はるかは着替えていない。なぜなら朝から、ちょっといい服を着ているからだ。パリッとしすぎない、ちょっとカジュアルなパンツスーツ。明るいグレーの、ちょっと柔らかい生地で仕立てられている。新婚旅行だものね。そりゃ、おしゃれもするよね。おれもおしゃれをしてきたつもりだけど、やっぱり品がなくて、変な感じ。そのままの格好で、テレビで見たことのある、高級そうな食堂車で、コース料理を食べるのは気が引けて、わざわざジャケットとカッターシャツを持ってきたんだ。家を出てくる時から、ジャケットとカッターシャツを着てくればいいのに、日頃着慣れないから、それを着てあちこち歩き回るのが窮屈な気がして、それから、ちょっと気恥ずかしい感じもして、いつものスタイルで、でも少しだけおしゃれをして、新幹線に乗ってきたんだ。

着替え終わった頃、食堂車の準備が整った、という旨の、案内放送が流れてきた。

「さあ、行こうぜ」

狭い通路を抜けて、食堂車へ。グランシャリオなんて、小洒落た名前がついている。テーブルの上にはランプまであって、雰囲気は抜群。やっぱり、へんてこなジャンパーで、死神の描かれたTシャツで、来なくてよかった。

ビールを注文して、コース料理が来るのを待つ。不意にはるかが「ありがとうね」と言った。

「ありがとうって、何が？」

「こんな素敵なところに、連れて来てくれて」

「連れて来てくれてって、お金を貯めてくれたのは、はるかじゃんか」

「たっちゃんも、無駄遣いしないで頑張ってくれたよね」

「無駄遣いをしないのは、当たり前のことだろ？　ちゃんとした人ならさ。それに、二人のお金を貯めたんだから、割り勘みたいなもんじゃゃん。割り勘なのに連れて来てくれた、っていうのは、ちょっと変じゃない？」

「変じゃないよ。私が新婚旅行の計画を立てたら、北斗星に乗ることなんて、きっと思いつかなかった。だから、ありがとうね」

意外なところで、感謝ってされるものなんだな。

おれは自分の好きなように、この計画を立てた。結婚式の主役ははるかだけど、新婚旅行はダブル主演のつもりで。でも、感謝されるってことは、はるかもちゃんとこの旅を楽しめている、ということなんじゃないだろうか。おれ、うまくやったな。

「あ、そう？　どういたしまして」

「たっちゃんて、本当に楽しい人だね。いつも楽しいことを考えてくれる」

「バカだけどね」

「バカじゃないよ。頭いいと思うよ」

「頭いい？　おれが？」

「うん。そう思う。いろんなことを思いつくもん」

ビールが運ばれてきた。うまい。いい気分だな。サッポロビールか。さすがだな。この列車、札幌行きだもんな。ぴったりだね。まあ、おれたちは、札幌まで行かないで、南千歳でおおぞらに乗り換えるけどな。

「最高だな、今日も」

「うん。きっと明日もね」

明日は釧路か。明後日は、オープンカーをぶっ飛ばして阿寒湖か。最高だぜ。まったく、ロックンロールだぜ。

帰ったら、おれ。もっと頑張る。頑張っていればきっとまた、こんな風な、最高の夜を過ごせるかもしれない、と思うから。

おれとはるかはいつか、子どもを持つことを夢見ている。おれはもう一歩進んで、子どもと一緒に、北斗星に乗るという夢を見ることにしようか。もちろん、はるかも一緒に。

やるぜ、おれは。待ってろよ、北斗星。そして、北海道。

おばさんの集団

咲子は時々、どこか遠くへ行ってしまいたくなる。この団地に越してきて、もう三十年以上。新婚ホヤホヤ、夢の団地暮らしははるか昔のこと。子どもたちは大きくなって独立し、新婚時代のように夫と二人暮らしとなったが、夫も自分もこの団地も、いつの間にか随分くたびれてしまった。団地の住民の誰もが、この街では新参者であったはずなのに、須藤さんも小松さんも長谷川さんも咲子も、すっかり古株のような顔をして暮らしている。

咲子は生涯の半分以上を、この団地で過ごしている。生まれ育った家とこの団地、どちらをふるさとと呼ぶべきなのか、それは咲子自身にもわからない。咲子は福島県の出身だが、福島のことを「ふぐすま」とは言わない。両親が亡くなってからは、帰省することも少なくなった。

それとは反対に、団地では古株として、皆に一目置かれている。自治会の役員もやっているし、親戚、姉妹以上に親しくしている人たちもいる。息子も娘も、たまにはここに帰ってくる。子どもたちを生み、育てた場所でもあるこの団地は、咲子にとって、ふるさとのように大切な場所なのだ。

それなのに、遠くへ行ってしまいたくなるのはなぜだろう。

などとちょっと憂いを含んだ顔をして、あごにそっと手を当てて、窓の外でも眺めながら呟いてみたくなるが、その理由が咲子にはわかっているのである。要するに咲子は、現在の生活に飽き飽きしているのだ。それもそうだ、三十年以上同じ場所で、同じ夫と暮らしている。子どもを育てていた頃には、子育て上の悩みも、経済的な苦労もあったが、まだ変化や刺激があった。大変だったが、楽しみもあった。

現在では食事を作るにしても、夫と二人分。はっきり言って、子どもたちのために食事を作っていた時よりも、気合が入らないというのか、やる気が出ないというのか。夫は子どもたちのようにたくさんは食べないし、おいしいともまずいとも言ってくれない。夫と自分の健康のために、栄養のバランスには気をつけているけれど、自分のことはさておき、夫に健康で長生きをしてほしいかと考えると、どうでもいいかな、という気持ちが、心の隅にほんの少しだけあるようにも思える。これを食べさせれば、夫が早めに、かつ、ぽっくり逝ってくれますよ、なんてメニューがもしあったとしたなら、それを毎日の食卓に採用するのもいいかな、と考えてしまうような気もする。

団地の住人の中でも特に仲の良い、須藤さんも小松さんも長谷川さんも、同じようなことを言っている。主婦を長くやっていると、家事の手際もよくなるし、適度な手抜きもうまくなるけれど、同時に家事に対する情熱もだんだんと薄れてしまうのだろうか。子どもたちがいた頃に比べると、随分家事も楽になっているはずなのに、皆家事自体が億劫になってしまっているようなのだ。

その理由はやはり、須藤さんも小松さんも長谷川さんも、今の生活に飽き飽きしているからであるとしか、咲子には考えられない。

そんな咲子の楽しみは、喫茶店に行くこと。須藤さんと小松さんと長谷川さんと一緒に、週に二～三回は行く。歳も近く、家庭環境もよく似たメンバー。共通の話題も多い。大体の場合は、昼食の片付けを済ませてから集まり、夕方の買い物の時間になるまでおしゃべりをする。内容は、夫や子どもたちのこと、近所の噂話、ワイドショーで見た芸能人のゴシップなど、平凡で他愛のないことばかりだが、それが咲子には楽しいのだ。

こんな暮らしがいつまで続けられるのだろうか、と最近咲子はよく考えるようになった。自分はもう、若くない。いつまで健康でいられるかもわからないし、夫が会社を定年退職するのはまだ少し先だが、そう遠くない未来にその日は必ずやって来る。

咲子の夫は、特に趣味などを持つこともなく、休日は家でゴロゴロしていることが多い。家事を手伝ってくれることもなく、今はまだ会社勤めをしているから、休日だけ辛抱していればいいものの、ずっと家にいるようになったら、どうなるのだろう。こんな風に皆と一緒に、ゆっくりおしゃべりをすることも、難しくなるのではないか。そんな不安を咲子は抱いているのである。

たまには旅行にでも行ってみたい、咲子はいつもそう思っているが、夫に言っても埒が明かない。夫はそもそも、出かけるのが面倒なのだ。あの人には、好奇心というものがほとんどない。チャレンジ精神なんてものも、あの人にあるわけがない。つまらない人、そう咲子は思うが、今さら夫を変えるのは難しいし、咲子自身にも、そうするだけのパワーは残っていない。あの人は昔からああだった。あんな人と結婚して、あんな人の、あんな行動をずっと許してきた自分にも責任はある。それに、浮気をするわけでも、ギャンブルをするわけでもない。無口で、大人しすぎるところはあるけれど、性格は穏やかで、怒鳴られたり、暴力を振るわれたりしたこともない。給料はきちんと家に入れてくれるし、決して多くはない小遣いに、文句を言われたこともない。

そんな夫に、感謝をしている部分もある。しかし、咲子の頭の中は、しかし、しかし、なのである。

かく言う咲子自身も、そんな夫と長く一緒に生活してきたせいか、なにかをしてみたいと思っても、それを実行しようと行動を起こすことが苦手になってしまった。面倒だな、お金がかかるからな、別に今やらなくてもいいよね、それらの言葉は元々夫の口癖だったのだが、いつしか咲子の口癖にもなってしまっている。

老いるにしたがって人は、好奇心を失ってしまいがちだ。だから仕方がないのかな、と考えはするものの、それでいいのかな、という疑問も残る。また咲子は、老いることに対する恐れや、焦りも近頃では感じている。ひざや腰は時々痛むし、肩こりもひどくなった。椅子から立ち上がる時には「どっこいしょ」、椅子に座る時には「ふう、やれやれ」と、無意識のうちに言ってしまう。十年後の私は、一体どうなっているのだろう。

まだまだ若い、なんて今は言っていられるかもしれないけれど、十年後にもそう言っていられるという保証はない。その上年々、一年という時間が短く感じられるようにもなっている。旅行にでも行ってみたい、なんて思っているうちに、あっという間に十年ぐらいの時間が経過してしまい、その時にはもう今よりひざの痛みや腰の痛み、肩こりがもっとひどくなって、旅行に出かけようとしても、身体がつらくて行かれなくなってしまうかもしれない。

そんな不安は、日々咲子の中でどんどん大きくなり、ある日ついに、須藤さんと小松さんと長谷川さんとのおしゃべりの中で、「ねえ、皆で旅行にでも行ってみない？」との提案をするに至った。

「旅行？　この四人で？　いいかもね」

須藤さんは、なかなかに乗り気な様子で、そう言ってくれた。

「旅行か。どこに行ってみたいかしらね」

小松さんは、にこにこしながら、楽しそうにそう言ってくれた。

「北海道なんてどう？　私乗ってみたい列車があるのよね」

長谷川さんはそう言って、鉄道ファンの息子さんが何度か乗ったことのあるらしい、「北斗星」という寝台列車のことを教えてくれた。

その列車の話を聞いて、咲子の胸は高鳴った。北斗星という列車には、レストランもロビーもあり、コンパートメントという、四人で個室のように使える寝台もあるらしい。それならば、レストランで食事をする時も、ロビーでくつろぐ時も、ずっと楽しいおしゃべりをしていられるし、ベッドに入ってからだって、隣のコンパートメントから苦情の出ない範囲でならば、おしゃべりを続けられるかもしれない。もちろん、北海道に着いてからも、観光をしている間、移動中、ホテルや旅館での食事中、温泉に浸かっている時、布団に入ってからなど、眠っている以外の時間はほとんど、おしゃべりをしていられる。

なんて、楽しそうなのだろう。

「ねえ、それいいじゃない。行こうよ。北斗星に乗って、北海道へさ」

咲子は熱を持って、皆にそう問いかけた。それぞれの家庭に、それぞれの事情がある。咲子にも、旅行に出かけている間、家事はどうするのだ、と夫が許してくれないかもしれない、という心配はある。しかし、チャンスは今なのだ。子どもを育て上げてから、老いてしまうまでの、ほんのわずかな間。夫も元気、自分も元気。少々反対されたぐらいで、諦められるものか。

早速咲子は帰宅した夫に、この計画について話した。案の定夫は、「おれの飯はどうするの？」と渋い顔をしたが、「家計からあなたの食費を出すから、外食をするなり、お弁当やお惣菜を買ってくるなり、好きにしてよ」と説得した。それでもなお夫は、「面倒くさいなあ」と文句を言ったが、「その間に、私のありがたみを充分に感じなさい」と強い調子で言うと、「そうだな。ずっと旅行になんか連れて行ってやっていないからな。たまにはカミさん孝行のつもりで、頑張るか」と了承してくれた。

次のおしゃべりの席では、長谷川さんが「息子に詳しく聞いてきたよ」と言って、北斗星のことが載っている、鉄道雑誌を見せてくれた。写真もたくさん載っていて、咲子は興奮を覚えずにはいられなかった。

咲子が特に心を揺さぶられたのは、北海道に入ってから列車を牽引するという、青いディーゼル機関車の写真だった。客車の色に合わせて塗装されたきれいな青に、金色の帯。北斗七星がデザインされたヘッドマーク。機関車が二両連なって、長い客車を牽引してゆく、力強いけれど、優美な姿。

ああ、こんな素敵な列車に乗られるなんて……。

長谷川さんの旦那さんは旅行好きで、鉄道にもいくらか興味があり、息子さんと一緒に北斗星に乗って旅行をしたこともあるようで、「素晴らしい列車だから、一度は乗ったほうがいい」と、すぐに賛成してくれたそうだし、一緒に住んでいる鉄道ファンの息子さんも、母親が北斗星に興味を持ってくれたことが嬉しかったようで、「楽しんでおいでよ」と言ってくれたらしい。

須藤さんの旦那さんも、わりと快く了承してくれたらしいが、小松さんはまだ夫に、この計画を伝えられていないと言う。

須藤さんの旦那さんは、咲子の夫とは全く違って活動的な人だし、須藤さんが旅行に言っている間は、思い切り羽が伸ばせる、なんて言って、笑って送り出してくれそうだけれども、小松さんの旦那さんは咲子の夫ともまた違って、亭主関白なところのある、やや頭の固そうな人だ。「皆と旅行に行きたいなんて話したら、怒られるかもしれない」と小松さんはしょんぼりしている。咲子はそんな小松さんを、どうしても旅行に連れ出してあげたいと思った。

「思い切って言ってみたら？　案外とすんなりいくかもよ。うちのも最初は面倒だなんて言っていたけれど、あれこれ文句言ったら、わりとすぐにＯＫしてくれたし」

「そりゃ、あなたたちの旦那さんは皆優しいからいいけれど、うちのはねえ。なにかにつけ、男というものはな、とか、それが男らしい態度だろう、なんて言うんだけど、男らしさってものを勘違いしているのよ。男なら男らしく、妻に対する思いやりぐらい持つべきじゃない？　私が何か意見を言うと、それに従うのは男らしくない、なんて思っているんだよね、きっと。

自己中心的なだけなのに、それを男らしさなんて言葉を使って、ごまかしてさ。ずるいというのか、男らしくないというのか」

小松さんの家の事情は、咲子の家より幾分厄介であるようだ。やたら男とは、男らしさとは、みたいなことを言う人ほど、人の意見を聞こうとしないものだと、咲子は知っている。前の自治会長もそうだった。娘が中学の時に所属していたバレーボール部の顧問もそうだった。小松さんの旦那さんも、きっとそういうタイプなのだ。

「ここはどうだろ、逆に男らしいわね、なんてほめるのはどう？　男らしさがどうのこうの言うタイプの人って結局、すごいですねとか、さすがですねとか、太っ腹ですねとか、言われたいだけでしょ？　だから、小松さんがこの旅行に行くのを許すことを、旦那さんが喜ぶような言葉に、うまく結びつけられないかしら」

咲子がこんな提案をしたのは、過去に娘が部活内でのいじめに悩んでいた時に、この方法で顧問の協力を仰いだ経験があるからだ。あの時は、「先生は曲がったことが大嫌いな、まっすぐで男らしい方だと、娘から聞いています。そこを見込んでお話が……」と切り込み、事情を話した。すると顧問は、「それは許せないことだ。教育的な観点からも、しっかりと対処しましょう」と胸をたたいて、鼻息を荒げ、いじめを徹底的に調査して、対処をしてくれたばかりか、問題が解決した直後の試合から、それまで補欠であった娘を、レギュラーにしてくれた。

「そうは言うけどね、私がそんなこと言ったって、聞いちゃくれないわよ」

「それは、自分の女房はいつも自分のことを、男らしいとか、すごい人だとか思ってくれているると、自惚れているからよ。でも、他人である私たちが言ったらどうかな？　それも私だけじゃなく、須藤さんと長谷川さんと三人でさ。皆で、すごい、男らしい、なんておだてたら、うまく行かないかしら。どうかな？　須藤さんと長谷川さんも、協力してくれない？」

須藤さんと長谷川さんは、「もちろんだよ」と頷いてくれた。

咲子は早速、シナリオを考えてみることにした。

まず、小松さんには、とにかくこの計画を旦那さんに話してもらう。賛成してくれたのならそれが一番いいのだけれども、小松さんの心配しているように反対されたなら、「皆の旦那さんは快く賛成してくれたのに、あなたは器が小さいのね」といったようなことを言って、旦那さんを一度怒らせる。夫婦喧嘩のようになったら、泣いたふりでもしながら、小松さんが咲子の家に逃げ込んでくる。心配した咲子が、須藤さんと長谷川さんにも相談したことにして、四人で小松さんの家に戻り、旦那さんを説得する。

「そこではこう言ったらどうかしら。うちの人は器が小さい、なんて小松さんは言っていましたけど、私たちにはそれが、とても信じられないんです。私たちからすれば、とても男らしくて、頼りがいのある旦那さんにしか見えないものですから。妻が旅行に行くことを反対するには、きっとなにか行き違いや勘違いがあったのだろうと思って、私たち、お邪魔したんですよ。そうでなければご主人のような男らしい方ならきっと、胸を叩いて、ああ、たまには羽を伸ばしてこい、留守中のことは心配するな、と快く送り出してくれるはずですもの、なんてさ。どう？」

「うまく行くかしら」と小松さんは顔を曇らせたが、男らしさを強調するタイプの人は、わりと小心者で外面がよかったりするから、他人が出て行けば、きっとうまく行くよ、と咲子が励ますと、小松さんは決心したように、「ダメで元々、一回やってみるか」と言ってくれた。須藤さんと長谷川さんは、「私たちに任せなさいよ」と小松さんの肩をたたいて、豪快に笑った。

咲子の考えたシナリオは、須藤さんと長谷川さんが発した素晴らしいアドリブのおかげもあって、四人の想像していた以上にうまく運び、小松さんは無事、一緒に行けることになった。旅行の手配は、鉄道ファンであり、北斗星という列車にも詳しい、長谷川さんの息子さんが引き受けてくれた。

こうして咲子たちはついに、上野駅の十三番ホームに立つことが出来たのである。

金曜日の夜に上野を出発し、月曜日に帰ってくるという行程。帰りも北斗星で帰って来たかったが、限られた時間で観光を堪能するために、帰りは飛行機を利用することにした。平日に旅行をすれば観光地もホテルも空いているはずなのに、日程に土日を含めたのは、夫に対する配慮からだ。

咲子は家を出る前に、夫の夕食の支度をしてきた。翌日の土曜日と、その翌日の日曜日は夫の会社も休みだから、夫が寝坊して、朝の支度に手間取って遅刻をする心配はない。起きたい時間に起きて、顔を洗って、のそのそと近所の飲食店に出かけて朝食、もしくは朝食兼昼食をとり、後はお腹が空くまで、思う存分ゴロゴロしてくれればいい。心配なのは月曜日だ。あの人、ちゃんと起きられるかしら。土日月、三日分の洋服は、パンツからシャツ、ズボンに靴下まで、きちんと一日分ずつ揃えて、「土」、「日」、「月」と書いた紙をその上に置き、寝室に並べてきたけれども、あの人、ちゃんとそれを着るかしら。小さな子どもにだって出来そうなことだが、夫を家に残して旅行に出るなんてことは初めてだから、咲子は心配でならない。

「どうしたの？　せっかくの旅行だっていうのに、浮かない顔して」

須藤さんが咲子の顔を覗き込んで言う。

「うちの亭主が月曜の朝、遅刻しないで会社にいけるのか、心配で」

「あきれた」

長谷川さんが、ふふふ、と笑う。

「そんなこと心配しなくていいのよ。りっぱな大人が遅刻したのなら、それは自分の責任なんだし、一回ぐらい遅刻したところで、会社をクビにはならないんだから」

旅行を計画する段階で、あれだけ夫のことを気にしていた小松さんも、きっぱりした口調で言う。

「あら、言うじゃない」

そう言って笑顔を拵えてみたが、咲子はやはり夫のことが心配でならなかった。

そんなことをしているうちに、北斗星がホームに入ってきた。四人が乗るのは一号車。一番後ろの車両だ。

「ねえねえ、なんで機関車がついていないのかしら？　これ、電車なの？　機関車が客車を引っ張って行くんじゃないの？」

咲子が疑問を口にすると、咲子よりはいくらか鉄道に詳しい長谷川さんが、その疑問に答えてくれた。

「だって、こっちは後ろでしょ？　このホームは行き止まりじゃない。こっちに機関車がついていたら、ずっとバックで走って行かなきゃならないでしょうが」

「そうだよね。じゃあ、向こうについてるわけ？」

「そうよ。あっちが前だからね。ほら見て。一番前にちゃんとついてるでしょ」

「ああ、ついてる、ついてる。じゃあ、この列車は、バックでここまで走ってきたってこと？」

「そう。車両基地から、結構長い距離を走ってくるみたいね」

「それも大変ね。でも、ずっとバックで走って行くよりマシか」


つまらないことを言ってしまったな、と咲子は思った。つまらないこと、というより、ちょっと考えればわかること、だろうか。なぜ私は考える前に、口から言葉が飛び出してしまうのだろう。なんでも思ったことを口にしていると、恥をかくことも多いし、余計なトラブルを生んでしまうことも稀にある。これは発言すべき内容なのかどうか、少し考えてから言葉を発したほうがよいのだろうが、気をつけようとしても、なかなか治らない。それどころか最近は、一人でいる時にもそういう現象が起こることが多くなった。

例えばスーパーで、特売のニンジンを見て、「あら、今日はニンジンが安いのね」と結構大きな声で言ってしまったり、うなぎ屋さんの前を通った時に、「ああ、いい匂い。これだけで、何杯かご飯が食べられそうだわ」と呟いてしまったり。要するに以前に比べ、独り言が多くなっているのだが、これは脳の老化なのだろうか。

もしかしたら、言葉を吟味するとか、なにかを思って、発言するか否かを判断する、という行為が、咲子には面倒になっているのかもしれない。もしかしたら私は、遠慮なく、ずけずけ物を言う、厄介なおばさんになっているのかもしれない。

いやだわ、私。もっと若い人からも憧れられるような、素敵なおばさまでいたいのに。

咲子たちの寝台は、長谷川さんに聞いたとおり、二段ベッドが向き合うように設置されていて、通路側のスライドドアを閉めると、個室のようになるようだった。決して広くはないし、個室としては簡易的なのだが、気の合う仲間だけで独立したスペースを確保できるのはありがたい。下の段はソファーのように使えるから、四人向き合って、いつもの喫茶店にいるような感じでおしゃべりが出来そうなのも気に入った。

「あら、結構いいじゃない」

「そうね。楽しそう」

須藤さんと小松さんも、今夜泊まるコンパートメントを気に入ったようだ。

列車が動き出すと、咲子はにわかに胸騒ぎを覚えた。車内放送が掛かり、車内の設備についてや、途中の停車駅についての案内がなされる。これから遠くへ行くのだな、という気分が盛り上がってくる。

故郷の福島より北に行くのは、どれぐらいぶりだろう。というより、母が亡くなってからは、めっきり帰省をする機会も減ってしまった、帰省以外の目的で東京を出るのは、いつ以来だろうか。家族で箱根に旅行したのは、何年前だったろうか。あの時下の娘はまだ、中学生だったはずだ。お兄ちゃんは高校生。ああ、もう随分昔のことなのだなあ。

夏場ならまだ外もいくらか明るいのかもしれないけれど、今は冬。外はすでに真っ暗。この旅行の計画を立て始めたのが、十一月の初め。冬の北海道は寒いから、来年の夏まで待とうか、という意見も出たけれど、咲子はすぐにでも出掛けたかったから、猛烈に反対をした。すると長谷川さんが、「冬のほうがホテルも空いて安いし、蝦夷アワビは、十一月から一月くらいまでが旬なのよ」と助け船を出してくれた。皆主婦だから、安いという言葉には弱いし、蝦夷アワビがいかにもおいしそうだと、他の二人も「十二月の北海道もいいかもね」と賛成してくれた。

蝦夷アワビも楽しみだが、咲子にとってはとにかく、遠くに行くことが重要なのだ。寒くてもかまわない。なんなら、北海道が寒ければ寒いほど、東京から遠く離れたことを実感できて、かえってよいかもしれない。蝦夷アワビがどうしても食べたいのならば、なんでもある東京のこと、丹念に探せば、北海道から産地直送、なんて店もみつかるかもしれない。ただ、寒さもそうだが、東京から遠く離れなければ、感じられないことだってあるはずだ。それを感じること、または、遠くまで移動することによってしか、咲子が一時的にでも、飽き飽きしている現在の日常から解放される方法はないのである。

その夜は、四人で洋食のコース料理を食べる予定になっている。これも、長谷川さんの息子さんが予約してくれた。咲子の家では、外食をすることもほとんどない。夫が面倒くさがるからである。旅行もせず、外食もほとんどしない上に、夫がまったく家事をしないということは、一年中ほぼ毎日、咲子が食事の支度をしているということだ。

そんなことを考えると、咲子はつい、ため息が出る。私はなぜあの人と結婚したのだろう。浮気をしたことはないし、ギャンブルもしない真面目な夫ではあるけれど、あの人はただ、それだけの人だ。悪いところはないが、よいところもあまりない。家族のために一生懸命働いてくれてきたのは事実だが、あまり高い給料をもらってくるわけでもないし、子どもたちが独立した今は、家計にもいくらか余裕が生まれたけれど、子どもたちの教育費が必要だった時期には、やりくりが大変だった。そんな私にあの人は、労いの言葉すらかけてくれたことがない。結婚記念日や誕生日に、プレゼントをくれたこともない。お小遣いが少ないのかもしれないけれど、私だって家計をやりくりしてきたのだ。お小遣いをやりくりして、バラの花の一本でも、プレゼントしてくれたっていいじゃないか。

ただ、咲子にも反省すべき点はある。夫が、自分からなにか行動を起こすことが苦手であるのなら、自分から旅行に行こうだの、食事に行こうだのと、積極的に誘えばよかったのかもしれない。夫が面倒くさがったって、しつこいぐらいに誘って、時には尻を叩くようにして、旅行に連れ出せば、自分の人生も、もっと豊かなものになったかもしれない。咲子はあまりにも夫に従順だった。夫に自分を合わせすぎた。

自分がもっと積極的に何かをしようとすれば、夫も変わったかもしれないし、夫の人生も、もっと豊かなものになったのかもしれない、と咲子は反省した。これまで妻としてそれなりに、夫に尽くしてきたつもりだったが、実は家事や家計のやりくりなど、自分の仕事を忠実にこなしてきただけで、人生を豊かにするための行動を、一つも起こしてこなかったのではなかろうか。つまり私も夫と同じで、悪いところはあまりないけれども、よいところもあまりない妻だったのではなかろうか。

「今日の夕食、楽しみだねえ」

「フランス料理なのかしら？」

「そうみたいよ。結構本格的なんだって」

須藤さんと小松さんと長谷川さんが、楽しそうに会話をしている。いけない、いけない。今日私は、あの日常から離れるために旅行をしているのだ、と咲子は慌ててその会話に加わった。

「やっぱりメインはお肉？」

「ステーキが出るみたいだね」

「へえ、ステーキか」

　咲子が家を出る前に夫に作ってきたのは、アジの開きをメインとした、いつもの家庭料理。副菜には、ほうれん草のおひたしと、ひじきの煮たの。ニンジンと大根の入った、みそ汁も作ってきた。夫は冷めたみそ汁を、自分で温めるだろうか。アジの開きを、電子レンジでチンするだろうか。テーブルの上に、みそ汁のお椀を伏せて置いてきたけれど、ガスレンジにみそ汁の入った鍋が乗っていることに気がつくだろうか。さすがに、炊飯ジャーの中にご飯があることぐらいは、わかるだろうか。あれ、私、しゃもじをわかりやすいところに置いてきたかしら？　ああ、いけない。洗ってカゴに戻したままだ。

「ねえ、聞いてるの？」

　須藤さんの言葉にハッとして、我に戻った。いけない、いけない。楽しまなきゃ。でも、でも。

「ごめん、ちょっと電話かけてくるね」

　咲子は携帯電話を持ってデッキへ向かい、夫に電話を掛けた。

「どうだい？　楽しんでいるかい？」

　あれ、珍しく優しいことを言っている、と咲子は思った。

「うん。素敵な列車でね。これから夕食なの。フランス料理のコースだって」

「食堂車でか？　それはすごいな。そんなに素敵な列車なら、今度おれも連れてってくれよ」

「そうだね。今度は二人で乗るのもいいかもね。ところで、しゃもじのあるところわかった？」

「探したよ。でも、大体この辺だろう、って流しの横のカゴを見たら、やっぱりそこにあった。どうだい、おれ、鋭いだろう？」

「おみそ汁も温めてね」

「おう、温めるから。心配するなって、子どもじゃないんだぞ」

「子どもみたいなものでしょうが。それから着替えはね……」

「わかってるって。いくらおれでも、あんなにきちんと並べてあったら、そりゃ気がつくよ。まあ、うちのことなんか考えなくていいから、楽しんでこい。おれのほうは、なんとかなるって。あんまり余計なことしないで、じっとしてるから。いつもみたいにテレビ見てるから」

「お風呂の沸かし方知ってたっけ？」

「いいよ、今日はシャワーだけで。シャワーのやり方は知ってるからな。じゃあ、切るぞ。おれもカミさん孝行のつもりで頑張るから、心配しないで旅を楽しんでくれよ」

「わかった。楽しむよ。ああ、大事なことを忘れてた。くれぐれも火の元には……」

「わかってるって。切るぞ。じゃあな」

電話を切って咲子は、少し不愉快になった。その理由はおそらく、夫の声が妙に弾んでいたからだ。もう少し、狼狽えなさいよ。私あってのあなたでしょうが。なにを楽しそうにしているの。

しかし咲子は、すぐに反省した。「カミさん孝行のつもりで」と送り出してくれた夫は、「カミさん孝行のつもりで」頑張ろうとしてくれているのだ。そういえば、「うちのことなんて考えなくていいから、楽しんでこい」とも言ってくれた。ああ、私ってダメだな。楽しむのが下手。あの人には、積極的な優しさ、というものはほとんどないけれど、消極的な優しさなら、まあまあ持っている。我慢強いというのか、私が言ったことに文句をつけることはあるけれど、いいよ、と一度了承したことに、後から文句をつけることは絶対にしない。辛抱強く、自分に与えられた役割を全うしようとしてくれる。

それって、あの人のいいところかも。

皆のところへ戻り、しばらくおしゃべりをしていると、レストランの準備が整ったとの案内放送が流れたので、皆で食堂車「グランシャリオ」へ向かった。

入口を入って咲子は、思わず感嘆のため息を漏らした。深紅のカーテンに、深紅の絨毯。薄いピンクテーブルクロスのかけられたテーブルには、立派な椅子がついている。もちろんその椅子の、座面と背もたれの部分には、深紅の布が張られている。列車の中であることが信じられないくらい、重厚さと豪華さを併せ持ったインテリア。

これは素敵。

「なかなかいいわね」

車内を見回しながら、須藤さんが呟く。咲子は、「なかなか」ってなによ、「なかなか」なんてレベルじゃないでしょうが、私、こんなに素敵なところでご飯を食べたことなんて、一度もないわよ、そう思ったが、それは言わずにおいた。きっと須藤さんのお宅では、ご家族で、もしくはご夫婦で、こんな風な素敵なレストランで、食事をすることがあるのだ。

「ホテルの宴会場みたいね」

咲子は二年前に参列した、甥の結婚披露宴の様子を思い出しながら、そう言った。

「椅子なんか、確かにそうだわね。ホテルの宴会場にあるのと、形がよく似てる」

小松さんが同意してくれて、咲子はなぜだかホッとした。

咲子たちが予約しておいたのは、牛フィレ肉のソテーをメインとした、フランス料理のコース。前菜、スープ、メイン、パン、コーヒー、デザートがついて、七千八百円だ。咲子は最初にこの値段を聞いた時、少し驚いた。夫と二人暮らしの今、咲子が一週間にスーパーで購入する食品の総額と同じくらいの金額だ。そりゃうちでは、牛フィレ肉も、真鯛も、雲丹もめったに買わないけれど、それにしても高くない？　それが咲子の正直な感想だった。

しかし、重厚かつ豪華なインテリアに囲まれ、前菜を口にしたところで、咲子はその値段に納得し始めた。高いものは大体おいしいもの。おいしいものは大体高いもの。

「私だけこんなにおいしいもの食べて、バチが当たらないかしらね」

俯いて、小松さんが呟いた。

「いいのよ。亭主連中だって、時々お酒を飲んで帰って来るじゃない。そんな時は私たちの知らないお店で、おいしいものを食べているんだから」

「そうそう。私たちだっていつも頑張っているんだし、お互い様よ」

須藤さんと長谷川さんが言うと、小松さんは「それもそうね」と顔を上げた。咲子も、「そうそう」と相槌を打ったものの、二人の言葉には、心の底から同意出来ないような気がしていた。

咲子の夫は、いつも会社から家にまっすぐ帰ってくる。同僚や部下と酒を飲みに行くのは、歓送迎会や忘新年会など、職場のイベントがある時ぐらいだ。すなわち夫は、咲子の知らないところで、おいしいものを食べたり、おいしいお酒を飲むことは、年に数回しかないし、それも職場の付き合いという形で、本人もあまり楽しんでいる様子はない。今日だって、妻が旅行に出かけているのだし、お金もいくらか渡してあるのだから、どこかのお店で、自分の好きなものを食べてくればいいのに、まっすぐ帰ってきて、咲子の作った、アジの開きをメインとした食事をしている。咲子が家を出る前に夕食を作ってきたのも、きっと夫はまっすぐ帰ってくるだろう、と思ったからだ。

ほぼ毎日、咲子たち夫婦は同じものを食べているのに、今日の夫の夕食は、アジの開きがメイン。咲子の夕食は、牛フィレ肉がメイン。

須藤さんや小松さんや長谷川さんの家と、咲子の家では、やや事情が異なるのである。どうしてうちの夫は、会社帰りに酒を飲んでこないのだろう。そんなことを咲子は考えた。皆の旦那さんと同じように、時々酒を飲んで帰って来てくれれば、私も心から「そうそう」と同意できるのに。ああ、夫がうらめしい。あの人のせいで私だけが、申し訳ないような気持ちを抱えたまま、素敵なレストランで、豪華な料理を食べなきゃならなくなってしまった。

咲子はさらに、どうして夫はまっすぐ家に帰ってくるのだろう、と考えた。お小遣いが少ないから、お酒を飲みにも行かれないのかしら。それとも夫は、会社の誰にも誘ってもらえないのかしら。夫は会社に、友人や仲間と呼べるような人が一人もいないのかしら。夫は会社で、嫌われているのかしら。

「またぼんやりして。今日は一体どうしたの?」

須藤さんの言葉にハッとして、咲子は、いけない、いけない、と首を振った。余計なことは考えずに、今日を楽しまなきゃ。

楽しもう、楽しもう、と意識するものの、夫のことを考えずにはいられず、せっかくの料理を咲子は、存分に楽しむことが出来なかった。そんな自分の性分を呪いたくもなったが、呪ったところでどうにかなるわけでもない。

食事を済ませると四人は、「グランシャリオ」の隣の車両にある、ロビー室でしばらくおしゃべりをすることにした。

ロビー室の窓に沿って設置された、長いL型のソファーに座って楽しくおしゃべりをしていると、反対側の窓際の、一人用の椅子に座っている男性が、咲子の目に入った。

息子と同じぐらいの年齢かしら。なかなかさわやかな感じのする、好青年だわね。うちの息子とは大違い。うちの息子も、あんな風な髪型にすればいいのよ。誰に似たのだか、髪型も服装もダサくて困っちゃう。顔も夫に似ているし、性格もちょっとね。ああいう子は、うちの息子とはまったく違う人生を送っているんだろうな。

そんなことを考えながら、男性を眺めていると、不意に目が合ってしまった。咲子は、ひと目合ったその日から、恋の花咲くこともある、なんて昔放送されていた、とあるテレビ番組の中のセリフを思い出して、なぜだかドキッとした。

思い切って話しかけてみようかしら。まさか、恋の花が咲くことなんてないだろうけれど、袖すり合うも多生の縁、と言うものね。息子と同じぐらいの男性と話すことなんて、息子が家を出て、息子の友達がうちに遊びに来なくなってからは、ほとんどないし、息子とすら、しばらく話をしていない。いいよね、旅行だもの。やましい気持ちがあるわけじゃなし、ちょっとぐらいいね。

咲子はソファから立ち上がると、まっすぐその男性に向かって歩いて行き、「お兄ちゃん、一人なの？」と声を掛けた。男性は「はい、そうです」と迷惑そうな顔もせずに、応えてくれた。咲子は、心の底から「やった！」と思った。それから少し話をしたけれど、たいしたことは話せなかった。それでも咲子は、ちょっとだけ嬉しかった。

長谷川さんに呼ばれて席に戻ってからも、咲子は一人、にやにやしていた。

私、なかなかやるじゃない。

咲子は自分が旅の途中にいることを強く実感しながら、これから起こることへの期待を、膨らませていた。

少年と父

小さな客室の中で、義治はこの一年間のことを思い出していた。

一年前に、真知子が逝った。

さほど長くもなかった闘病生活の間に、真知子のグラマラスな身体はみるみるやせ細り、つややかで美しかった黒髪は抜け落ち、白く、みずみずしかった肌は、水気を失い、しぼんでしまった。

それでも真知子は美しかった。眉をぎゅっと寄せ、必ず治すね、と見つめられると、義治はなぜか安心した。どんなに身体が病に蝕まれても、義治が愛した真知子が、そこにいたからだ。

真知子はしなやかさと力強さを併せ持つ、素敵な女性だった。自分の信念を曲げず、言うべきことははっきり言うので、学生時代に二人が所属していたサークルの男性部員からは、恐れられているというか、やや敬遠されているようであったが、義治はその毅然とした態度や、凛とした姿勢に、魅力を感じていたのだった。

就職をして二年ほどした頃、二人は結婚した。真知子はよく仕事もでき、結婚しても、健太郎が生まれても、仕事を続けてキャリアを積んだ。理解のある旦那さんだね、なんて真知子の同僚に言われることもあったけれど、義治は妻の仕事に理解がある夫ではなく、ただ単に、働く妻を美しいと感じている夫に過ぎなかった。

残業をして、義治より帰宅の遅くなった真知子が、玄関のドアを開ける。「おかえり」と声を掛けると、真知子はどんなに疲れていても、「ただいま」と言って、にこりと笑う。その瞬間を義治は、愛していた。

一日の仕事を終え、ストレスにまみれて帰ってきた真知子が、自分に向けてくれる微笑み。玄関先で抱き合ったり、キスをしたりすることはなかったが、それ以上にその微笑みは、真知子が自分を必要としてくれていることの証であるように、義治には思えた。それが純粋に嬉しかったのである。

真知子が入院したことで、義治がもっとも愛した瞬間こそ失ってしまったものの、病床にある真知子の世話をすることに、義治は新たな喜びを見出していた。大変ではあったが、二人が支え合って生きていることを、実感できたからである。しかしそれは、いつか真知子が治ると信じていたからだろう。その見込みが潰えた時、当然義治は、絶望のどん底に突き落とされたような気持ちになった。

どれだけ泣いたかは覚えていない。だが、泣いてばかりいるわけにはいかなかった。真知子と二人で育ててきた健太郎を、これからは一人で育てていかなければならない。健太郎は当時まだ、小学二年生になったばかり。母親を亡くした悲しみを背負うには幼すぎる。しっかりと健太郎の心を支えてやれる親にならねばと義治は決意し、それ以来泣くことをやめた。

生活を支えるために仕事をしながら、一人で健太郎を育てることは、想像以上に大変だった。しかしそのおかげで、真知子を失ったことに対する悲しみをいくらか紛らわすことはできた。ただ、一年もそんな生活を続けているうちに、だんだんと慣れてきたのだろうか、真知子が亡くなった一週間後よりも、現在のほうが悲しみは大きくなっているような気がする。健太郎のために泣くのをやめたはずなのに、最近義治は、健太郎が眠った後に、少しの酒を飲みながら、涙を流すことが多くなった。

「おとうさん、北海道って遠いね」

「うん。でも、明日の朝には着くよ」

「ねえ、一周忌って何をするの？」

「お坊さんにお経を読んでもらって、お墓参りをして、あとはなんだろう、皆で食事でもするのかな？」

「ふうん」

真知子の墓は室蘭にある。葬式の後、お骨にはしたものの、義治は墓を持っていなかった。すぐに墓地を探そうとしたけれど、東京近郊の墓地はどこも高価でなかなか手を出せず、真知子のお骨は自分の実家の墓に入れようか、と考えていたところに、真知子の両親から「うちの墓に入れさせてくれ」との申し出を受けた。その申し出を受ければ、義治は真知子と同じ墓に入れなくなる。当然断るつもりでいたが、真知子の両親に説得されて、結局折れてしまった。義治は真知子と違い、自分の意見を通すのが苦手なのだ。気が弱く、言いたいことをつい飲み込んでしまう自分の性分が情けなかったが、助けてくれる真知子はもういなかった。

真知子の両親に悪気がないのはわかっていたけれど、説得される過程で投げつけられる言葉は、つらいものばかりであった。たとえば、「再婚する時に困るから」という言葉。もちろん将来再婚する可能性が、ゼロであるとは言いきれないけれど、真知子を室蘭の墓に入れることで過去を整理し、再婚の準備を整えろ、と言われているように義治には感じられた。

二人の結婚生活は、わずか十年ほどで終わりを迎えた。高校を出るまで室蘭で育った真知子が、子どもの頃から室蘭を出る日までに得たものと、自分との生活で得たもの。室蘭での時間と、自分と暮らした時間。両親が真知子に与えてきたもの、自分が真知子に与えることができたもの。結局義治は二つの時間の長さ、重さの違いを理由とすることで、自らの心を納得させようとした。

お骨は室蘭の両親に渡してしまったが、義治には健太郎がいる。健太郎は紛れもなく二人の間に生まれた子どもで、目元は義治に似ているが、顔の輪郭や鼻筋、口元などからは、真知子の面影が感じられる。健太郎を育てることは、真知子との生活が終わっていないということなのだと、義治は自分に言い聞かせ、悲しみを遠ざけ、希望を引き寄せようと日々努力をしてきたつもりだが、その努力が実を結んだという実感はない。

義治は健太郎の顔を見るたび、この子はどう感じているのだろう、と思わないわけにはいかなかった。自分は健太郎に真知子の面影を見ながら、二人の暮らしが続いていることを実感できるが、この子はどうなのだろう。義治の顔に真知子の面影はないし、生活はがらりと変わってしまった。健太郎は義治に似たのか、あまり自分の感情を表に出す方ではない。葬式の時には泣いていたものの、その後は一度も母親を恋しがっているような素振りは見せず、文句も泣き言も言わず、もしかしたら真知子が亡くなる前よりも、ずっと聞き分けがよくなり、家事もよく手伝うようになり、本当に「いい子」として暮らしている。

二人で真知子との思い出について語り合うことも、この一年間まったくなかった。親子の対話も、随分少なくなってしまった。真知子がいた頃は、自然に会話が弾んだのに、今の義治には、健太郎とどう接すればよいのかが、わからないのである。「学校はどうだった？」、「なにか欲しいものはないか？」、「今度の日曜日は、どこへ行こうか」。色々質問はしてみるものの、その後が続かない。今思えば、三人の家族は、真知子を中心として結ばれていたのだ。真知子という要を失い、二人になってしまった家族の結びつきは、とても頼りないものになってしまった。

「おとうさん、僕、もう眠たくなっちゃった」

「ああ、いつもはもう寝ている時間か。どうだ、よく眠れそうか？」

「うん。だって、すごく眠たいから」

真知子の方針で、健太郎には小学校に上がると同時に、自分の部屋を与えた。真知子がいなくなってからも、その方針を変えることはなく、この一年間も、二人で枕を並べて眠ることはなかった。義治にとって、健太郎の寝顔を眺めるのは、随分久しぶりのことだ。

どうして自分は方針を変え、健太郎と同じ部屋で眠るようにしなかったのだろう、と義治は考えた。真知子のいなくなった寝室は、静かで寂しいものだ。義治は毎夜、誰もいないベッドを見つめていた。その誰もいないベッドのシーツや枕カバーを、義治は週に一度洗濯していた。洗濯した後は、綺麗にベッドを整えるのだが、翌週また洗濯する時にまで、整えたベッドが乱れることはない。もちろん、シーツや枕カバーが汚れることもない。それでも洗濯をした。毎週。一年間。

真知子のベッドに健太郎を寝かせたら、自分と健太郎の関係には、どんな変化があっただろうか。真知子の言っていた通り、健太郎の自立を妨げることになってしまっただろうか。しかし、母親を亡くした悲しみと、健太郎が毎夜一人で闘っているのならば、それはあまりにも可哀そうではないか。

大人である義治でさえも、悲しみに押しつぶされそうになったことが何度もある。母親を失う悲しみと、妻を失う悲しみ。母親が健在であり、妻をすでに失ってしまった今の義治にとっては、妻を失う悲しみの方がはるかに大きいように思えるが、それは母親の死をリアルに想像出来ないばかりでなく、大人になって母親から独立し、自分の家庭を築き上げたからであって、まだ完全に母親からの独立を果たしておらず、自分自身で愛する人と家庭を築き上げた経験のない健太郎にとって、母親の存在は非常に大きかったはずで、そんな大きな存在を失った悲しみは、義治には到底推し量ることが出来ないほど、大きなものであるのかもしれない。

自分は果たしてこの一年間、そんな健太郎の心に寄り添ってやることができていただろうか。そんなことを考えながら、義治は健太郎の寝顔を見つめた。すると、なぜだか涙が出た。

しっかりしなければ、と決意はしたものの、義治は心のどこかで健太郎の悲しみと、真正面から向き合うことを恐れていたのだろう。余裕がなかった、などというのは、言い訳に過ぎない。親であるならば、自分の悲しみと向き合う前に、子の悲しみと向き合うことを優先すべきなのだ。真知子ならきっと、そうしただろう。

これが器量の差というものなのか、そんなことを思って、義治はさらに涙を流した。

東室蘭の駅には、真知子の両親が迎えに来てくれていた。

「健太郎、元気だったか」

義父は健太郎の両手を握って、形相を崩している。義母はその横で、手を前に組んで何度もうなずきながら、微笑みを浮かべている。真知子が亡くなっても、この二人が健太郎の祖父母であることに変わりはない。それが義治には、不思議なことであるように感じられた。

「お義父さん、お義母さん、ご無沙汰をしてしまいまして、どうもすみませんでした」

「いやあ、仕方ねえべさ。東京は遠いもの」

「そうだよ。よく来たねえ。こんなに遠くまで」

東京と北海道の地理的な隔たりもそうだが、義治は真知子の両親との、心理的な隔たりを強く感じていた。この二人と自分を結び付けたのは真知子だ。自分はこの両親のことを愛したわけでもなければ、家庭を築き上げるパートナーとして選んだわけでもない。真知子がいなくなってしまったのに、この人たちとの結びつきは切れないままでいる。これからもきっと、この縁は切れないだろう。もし縁が切れてしまえば、真知子の墓参りをすることも、真知子の位牌が置かれている仏壇に手を合わせることも、健太郎を祖父母に会わせてやることも、出来なくなってしまうだろうから。

だが、距離感を図りかねてもいる。自分が選んだ相手ではない、ということに関していえば、真知子の両親も同じだ。義治が距離感を図りかねているのならば、真知子の両親もおそらくそうなのである。だから互いにぎくしゃくしてしまうのは仕方がないのだが、これが義治には耐えがたいのである。

ただでさえ、妻の両親と仲良くするのは大変なのに、すでに妻は亡くなっている。十年ほど結婚生活を送っていたとはいえ、両親とはそう頻繁に会っていたわけではない。東京と北海道、遠いこともあって、せいぜい年に一度か二度、顔を合わせるだけだった。その時だって、真知子が義治の居心地が悪くならないよう、あれこれ気をまわしてくれていたから平気だったが、今はもうそんな気遣いをしてくれる人はいない。健太郎だってそれほど祖父母に懐いているわけでもなく、毎度会うたび、人見知りをしているような素振りを見せ、子どもらしい無邪気さを発揮することもなく、なんとなく祖父母に気を遣っているように義治には感じられる。真知子の両親は、そんな健太郎の態度をどう思っているのかは知らないが、やはり血のつながった孫という思いがあるのか、健太郎の気持ちを考えるというよりは、そんなことはお構いなしに、自分たちが可愛がりたいように、可愛がっているようなのである。義治はそんな二人の身勝手さに腹を立てているわけではないのだけれど、互いの気持ちがうまくかみ合っていないな、と感じているのである。

車に乗って真知子の実家まで移動すると、真知子の弟夫婦が出迎えてくれた。弟は、地元の役所に勤めていて、真知子の実家で両親と同居している。なかなかに気さくな人で、人見知りの健太郎もこの人にはわりと懐いている。義治にとっても、会話も上手で、よく気の付くこの弟は、現在室蘭でもっとも頼りになる存在であった。

「にいさん、お疲れでしょう。さあ、荷物をこっちへ」

「いいよ。自分で運ぶから。二階の部屋だね」

「そうです。ほら健太郎も、こっちだよ。ちゃんと掃除もしてあるからな」

「おじさん、ありがとうございます」

「おお、ちゃんとお礼が言えるんだな。えらいぞ。そうだ、にいさん、今夜はいい店予約しておきましたから、法事が済んだら男同士で一杯やりましょう」

「いいのかい？　いつも悪いね。隆司君には世話になってばかりで」

「なんも。僕だってにいさんが来るのを、楽しみにしているんだから」

義治には、この人懐っこさと気安さがありがたかった。普段はあまり会うこともないのに、親戚だということで、なんだか親しい間柄であるように振る舞わなければならない、今日のような法事、またはお盆やお正月などの、親戚が集まる場面において、義治が唯一自然に、親しげに話せるのが、隆司なのである。

「千鶴さんも、お元気そうだね」

「はい、おかげさまで。おにいさんもお変わりなく……。いえ、あの、こんなこと言ったら失礼かもしれないけれど、随分お痩せになられたみたい」

「そうかな。忙しいのがいけないのかもしれない。なにしろ毎日必死だから。会社から帰ってきたら、慌てて食事の支度して、風呂を沸かして、なんて具合でね。朝は朝でバタバタだよ。なあ、健太郎」

「うん。おとうさんは本当に頑張ってるよ」

「ああ、そう。立派なおとうさんねえ」

立派なおとうさん、と言われて、義治は少し恥ずかしいような気分になった。毎日必死でやってきたつもりになっていただけで、実は息子の心に寄り添ってやることすら出来なかったのに。

健太郎は、「おとうさんは本当に頑張っているよ」と言ってくれた。健太郎がそんな風に見てくれているのだとしたら、義治としても嬉しいが、そう喜んでばかりもいられない。おとうさんは頑張っているから、僕も悲しいとか、寂しいとか、つらいなんてことを言ってはいけないのだ、と健太郎が思っているかもしれないからだ。子どもにそんな我慢をさせているのならば、つらい。

そのうちに近所に住む親戚や、真知子の友人などがやってきて、一周忌の法要はにぎやかに行われた。皆でお墓参りをし、真知子の実家の座敷で会食をした後、義治は隆司に「にいさん、そろそろ行きましょうか」と誘われ、真知子の両親に健太郎を預けて、室蘭の街に飲みに出た。

隆司の行きつけらしい店へ、千鶴の運転する車で送ってもらい、二人で暖簾をくぐると、食欲をそそる煙の香りがした。

「ここは何でもうまいですよ。せっかく東京からはるばる来てくれたんですから、室蘭のやきとりを食べてもらおうと思いまして」

「ああ、そうか。室蘭のやきとりは、豚なんだよね。真知子から聞いたことがある」

「そうですよ。まあ、大体の店のメニューには、鶏もありますけどね」

隆司の心遣いが、義治には嬉しかった。真知子の両親に、自分がどう思われているかはわからないが、少なくともこの隆司は、自分のことを歓迎してくれている。隆司があの家にいる限り、きっとこれからもずっと、真知子のお墓参りをすることが出来るだろう。

「ありがとう。君といるとなんだかホッとするよ。君はいいやつだ」

「そんな風に言われると、なんだかプレッシャーを感じちゃうな。張り切って美味しいものをご馳走しないと。ああ、とりあえず生でいいですかね？」

隆司の勧めに従って、ビールでやきとりを食べ進めながら、義治はさらにいい気分になった。室蘭はいいところだ。真知子と出会わなければ、ここでこうして、隆司とやきとりを食べることもなかっただろう。つくづく、縁というのは不思議なものだ。遠く離れた場所に住んでいる赤の他人が、一応は兄弟ということになって、カウンターに並んで座って、談笑しながら酒を飲んでいる。

これはこれで、なかなかいいものだな。

その日義治は、何度隆司に向かって、「君はいいやつだ」と言ったかわからない。隆司はそう言われるたび、照れ臭そうに頭を掻いた。そんな隆司の仕草を、義治は好もしく感じていた。

やがて適度に酔いが回り、二人の腹も膨れた頃、それまで終始にこにこしていた隆司が、急に真剣な顔をして、「にいさん、真面目な話があるんですが」と義治の目を見つめた。義治は急に隆司が真剣な顔をしたのが可笑しくて、思わず笑ってしまった。

「にいさん、笑わないでくださいよ。真面目な話なんです」

「ああ、そうか。すまなかった」

隆司の様子があまりにいつもと違うことに、義治は一抹の不安を覚えた。今日は真知子の一周忌。真面目な話があるとすれば、それはきっと真知子に関することだろう。しかもそれはおそらく、軽い話ではない。重大なこと、もしくは、面倒なことに決まっている。

「ああ、こちらこそすみません。楽しく飲んでいるときなのに、急に真面目な話なんか」

「いや、楽しい話もいいけど、真面目な話があるなら、そっちを優先しようよ」

「そうですか。じゃあ……」

そう言うと隆司は、ジョッキに残っていたビールを飲みほして、「はっ」と気合を入れた。

「にいさん、これはあくまでも、もし良かったらって話なんで。あの、怒らないでくださいね」

「いいよ。怒りゃしないから。変なことじゃないんだろ？」

「もしかしたら、ちょっと変なことかもしれませんね……」

「じゃあ、いいよ。変なことでも」

言い出しにくそうな隆司の態度に、義治の不安はさらに大きくなったが、もし、今後付き合いを控えさせてくれ、などと言われても、義治はそれを受け入れるつもりであった。室蘭には来にくくなるし、真知子の位牌に手を合わせることも、法事に参加することもできなくなるかもしれないけれど、墓の場所はわかっているから、こっそりと墓参りをすることはできる。隆司は自分を歓迎してくれているように思えるけれども、真知子の両親や、千鶴の意向もあるだろう。健太郎と祖父母の縁や、芽生え始めた隆司との友情が途切れてしまうのは残念だが、それらを諦めるぐらいの強さは持っているつもりだ。

「では、思い切って言いますけど、あの、健太郎をうちにくれませんか？」

「うちって、君のうち？」

「はい。僕のうち……」

そう来たか、と義治は思った。

隆司夫妻は結婚してたしか五〜六年になるのに、二人の間に子どもはいない。共稼ぎの夫婦なので、ああ、互いのキャリアを優先して子どもは作らないつもりか、もっと先に延ばすのだろうと、義治は勝手に思っていたのだが、そうか、そう来たか……。

「まだ、君のところは結婚して五〜六年だろう？　そんなに慌てなくても、大丈夫なんじゃないかな。まだ二人とも若いし、不妊治療とか、気長にやって行けばさ。僕の同僚にもね、何年か不妊治療をして、ようやく授かったってやつがいるよ」

「ダメなんです。検査をしたら、どうも僕に原因があるみたいで。つまり、ねえさんが亡くなった今、うちの両親の血を引いた子どもを作ることは、もう、出来ないんですよ」

「そうなのか。でも、ねえ……」

言いにくそうにしていたから、なにかヘビーな話なのだろう、とは思っていたが、まさかこんなこととは……。隆司はあの家の跡取り息子だ。そのまた跡を継ぐ子どもが欲しいのはわかる。また、跡を継ぐ子どもは、血を分けた身内であってほしい、というのも、まあ、わからないでもない。でも、子どもをくれ、と頼まれて、はい、どうぞ、なんて義治にはとても言えない。健太郎を渡してしまえば、義治と真知子をつなぐものが、何もなくなってしまうような気がするからだ。そんなことより、第一に考えなくてはならないのが、健太郎の気持ちだ。急に叔父さんの家の子になりなさい、なんて言われたら、混乱してしまうだろう。

「ダメ、ですかね？」

「急にそんなこと言われても、はいそうですか、なんて言えないよ。僕の気持ち、わかるだろ？」

「そうですよね。すみません。でもこれは、僕の本当の気持ちなんです。一度真面目に考えてもらえませんか？」

「考えるもなにも……」

「でもにいさん、おひとりで大変なんじゃないですか？　こっちなら、手もありますし、今後にいさんが再婚なさる時にも、余計な心配がなくなって……」

また、再婚の話か、と義治はうんざりした。なぜみんな、再婚のことばかり言うのだろう。再婚の話をするだけならまだいい。なぜ、真知子や健太郎のことを、まるで邪魔なものであるかのように言うのだろう。自分にとって二人は、かけがえのない家族なのに。

「再婚する時に余計な心配がなくなるって言うけど、それこそが余計な心配だよ」

「でも、にいさんはまだ若いですし、実際問題、子どもがいるといないのでは、再婚に対するハードルが」

「だから、それが余計な心配だっての。君たち親子はなにか？　僕の家族をバラバラにしたいのか？　お義父さんとお義母さんには、将来再婚する時に困るかもしれないからって、真知子のお骨をこちらの墓に入れろと言われてそうしたし、君は君で、再婚へのハードルが下がるからって、健太郎をよこせと言い出すし。なんだろう、そんなに僕が気に入らないのか？　ああ、そうだ、さっきまで何度も君のことをいいやつだと言ったけれど、それは取り消す。全部取り消す。君はエゴイストだ。冷たいやつだよ。嫌なやつだよ」

「気に障ったなら取り消します。すみません。忘れてください」

隆司は、カウンターに額をこすりつけるようにして謝ると、それ以降は押し黙ってしまった。

義治には、この室蘭の家族のことなど、もう、どうでもよくなってしまっていた。元々は他人なのだ。真知子とは他人ではないけれど、他の室蘭の家族とは、今の日本の結婚制度によって、勝手に他人でないことにされているだけなのだ。だから、もういい。もう、室蘭のことは忘れよう。真知子だけが自分の家族なのだ。

そこまで考えて義治は、ふと健太郎のことを思った。健太郎にとっては、どうなのだろう。祖父母と、叔父。健太郎が真知子の息子である以上、この事実は動かしようがない。健太郎とこの三人は、血縁上、他人にはなり得ない。

しかし、血縁関係があるからといって、必ずしも親しくしなければならない、というわけではない。親兄弟とは疎遠であるとか、親戚とはあまり付き合いがないとかいう話は、世間のあちこちで聞く。そうだよ、別に疎遠でもいいよな。

真知子はどうせもういないのだ。真知子の骨は室蘭に埋まっているけれども、骨と話をすることも出来なければ、骨を抱きしめることも出来ない。つまりお骨なんて、気分の問題だけだ。どうしてもお墓参りがしたければ、こっそりすればいいのだし。どうせさっきまで、「付き合いを控えさせてくれ」と言われるんじゃないか、なんてことを考えていたのだから。そうだよ、疎遠、疎遠。疎遠で結構。

義治は心の中で、そう決めた。

ずっと押し黙ったままの隆司に「帰ろうよ」と声を掛けて、義治は席を立った。後をついてきた隆司に「今日は僕が払っておくよ」と言って勘定を済ませ、店員にタクシーを呼んでもらった。タクシーを待っている間も、タクシーに乗っている間も、二人が言葉を交わすことはなかった。

真知子の実家に着くと、居間で真知子の両親と健太郎が、三人でテレビを見ていた。テーブルの上には、湯飲みが三つ。健太郎の前には、菓子盆が置かれていて、そこには、子どもが決して自分の小遣いでは買いそうにない、地味な雰囲気のお菓子が盛られている。その菓子盆に義治は、家庭というものを感じた。

こんな風に、誰かが準備してくれた菓子盆は、準備してくれた人の好みが大きく影響するためか、自分があまり好まないものも多く入っている。それを不満に感じたり、時には文句を言ったりしながら、なんとなく食べる。そんな、嬉しくもなく、悲しくもない毎日を、たいしてうまくはないが、それほど不味くもないものを食べながら、淡々と繰り返してゆく。家庭とは、そういう場なのかもしれない。いやもしかしたらそれが、家庭の理想的なあり方なのかもしれない。

義治は急に不安になった。健太郎と二人きりの家庭。とにかく必死で毎日をこなしてきたが、二人の生活は、家庭と呼べるほどのものだろうか。

子どもの前に置かれる菓子盆は、子どものお腹を空かせないように、という大人の配慮によって用意されたものだ。義治はこの一年間、そんな配慮をいつも健太郎に向けられていただろうか。

今、この、さして嬉しい気持ちにもなれない、地味な雰囲気の菓子盆を前にして、祖父母と退屈なテレビを見ながら、きっと退屈な話をしていたのであろう健太郎は、どんな気持ちでいるのだろうか。嬉しさも楽しさも寂しさも悲しさもない時間と空間に、健太郎は心地よさを感じているのだろうか。健太郎は安心感と退屈を、どう受け止めているのだろうか。

健太郎を見つめてみたが、義治には表情や態度から、健太郎の気持ちを読み解くことなどできなかった。こんな場面で、「健太郎君、今のお気持ちは？」なんて、テレビのレポーターみたいに質問するのも変だし、義治にはただ想像することしかできない。また、想像はあくまでも想像に過ぎず、真実ではないことを義治は知っている。

だから、最善だと判断した方法がもし、真実として最善とは言えない方法であったとしても、また、心の片隅で、ひょっとしたらこれは、最善の方法ではないのでは？と感じている方法を意図的に選択したとしても、真実がわからないのだから、どれを選択しようと最善の方法であるかもしれないわけで、でたらめに選ぼうが、しっかりと考えて選ぼうが、真実がわからない限りは、たいして違いはないのかもしれない。どんな方法を選んだって、吉と出る可能性があるし、凶と出る可能性もあるのである。そのパーセンテージもわからない。想像が想像である限り、真実ではないからだ。

ここは、健太郎にとって、必要な場所だろうか。祖父母がいる、この家。叔父と叔母もいる、この家。自分の母親が生まれ、育った家。母親のお墓まで、歩いて行ける家。

考えるほどに義治には、ここが健太郎にとって大切な場所であるように思えた。健太郎という人間のルーツの半分は、ここにある。それを健太郎のルーツの半分にしか影響を及ぼしていない者が、勝手に「疎遠で結構」なんて言ってよいのだろうか。健太郎は義治の子に間違いないが、半分は、この家の子であるとも言える。

義治は先ほどのやきとり屋で、隆司が言ったことを思い出していた。なんて身勝手なことを言うのだろう、と義治は思ったが、冷静に考えてみれば、半分はこちらの家の子なのだ。義治にも田舎があり、両親は健在で、兄が家を継いでいるけれど、それらの親族を含めてもやはり半分なのだ。親だから、健太郎をどう育ててゆくか、ということについての最終的な決定権は義治にありそうだけれども、決定する権限を持っているということは、権限を持っている者の好きにしてよい、ということではなく、あくまでも健太郎にとって一番良いと思われる方法を選択するにあたっての、最終的な決定をする権限を有している、ということに過ぎないはずだ。

すなわち、第一に考えるべきは、健太郎の幸せについてであり、いくら義治が嫌だなあ、と思うようなことであっても、健太郎にとって良いことであるのならば、それには賛成すべきなのである。したがって、やきとり屋で隆司が言ったことが、もし健太郎に良い影響をもたらす可能性が高く、かつ、本人が嫌がらなかった場合、義治は賛成しなくてはならないはずなのだ。

さて、どうだろう、と義治は考えた。「こっちなら、手もありますし」と隆司は言っていた。

手が足りているか、と言われれば、なんとかやっているというのが現状で、充分であるかはわからない。事実、健太郎の心にしっかりと寄り添ってやることが出来ている、とは言えない。また、退屈という、絶対的な安心感に包まれた状態を、健太郎に与えられてもいない。

もしかしたら、環境としては、この室蘭の家の方がいいのではないか、そんな気持ちが少しずつ、義治の中にも湧いてきた。隆司は真面目で、おおらかな、いい人間であると思う。きっと子どもを持てば、よい父親になるだろう。千鶴だってそうだ。きっと健太郎のことを大事にしてくれる。義治にも、健太郎を大切に育てようという気持ちはあるが、いかんせん、状況が許さないというか、自分という人間の性質や未熟さを含めて、親としていたらない部分がどうしても出てきてしまう。ケアの手厚さ、という点においては、隆司、千鶴、真知子の両親、この四人体制の子育てチームに太刀打ちできるとは思えない。

健太郎の幸せを考えるなら、隆司夫婦に任せたほうが良いのかもしれない、そんな思いが義治の胸を苦しくした。それを打ち消そうと、あれこれ言い訳を考えようとするのだけれども、なかなか思いつかず、どんどんと不安が大きくなってしまう。ただ、今の段階で、隆司夫婦に任せるという決断をできるはずもなく、明日になったら健太郎と一緒に東京へ帰るつもりだ。しかし、帰った後はどうする？　義治はこの問題について、ずっと考え続けねばならないのだろうか。

隆司があんなことを言わなければ、こんなことを考える必要もなかったのに、と義治は、隆司の仕打ちを恨んだ。隆司のせいで、父親としての自信どころか、存在意義にまで疑いを持つようになってしまった。まったく嫌な気分だ。

もういい。とにかく今日は寝よう。そう思って義治が健太郎に「そろそろ寝ようか」と声を掛けると、真知子の父親が、「たまのことだから、健太郎はおれたちの部屋で寝ないか？」と健太郎を誘った。すると健太郎は「いや、僕はおとうさんと一緒がいい」とそれをきっぱりと断った。

真知子の父親は「そうか」と少し残念そうだったが、それを咎めたり、それ以上なにか言うことはなかった。真知子の母親は、「やっぱり、おとうさんがいいんだね」と、さもそれが当然であるかのようなことを言い、二階の客間に二組の布団を敷いてくれた。

「にいさん、もう寝ましたか？」

健太郎と客間の布団に入ってしばらくした頃、ふすまの向こうから、隆司の声がした。健太郎はもう、眠っている。義治はどうしようかな、と迷ったが、「いいや、まだだよ」と布団を出て、ふすまを開けた。

「さっきはすみませんでした」

「いいんだよ、別に」

「千鶴もにいさんに謝りたいって。健太郎が起きちゃうといけないから、ちょっと下までいいですか？」

「ああ。いいよ」

隆司について、階下のリビングに降りると、千鶴がお茶を淹れてくれた。「ありがとう」と湯飲みを受け取り、義治が口をつけるかつけないかのうちに、千鶴は両ひざに手をついて、

「おにいさん、すみませんでした」と頭を下げた。

「謝ることなんてないよ。隆司君から聞いた時は、いきなりだったから、ちょっと取り乱してしまったけれど、冷静になってみれば、君たちの考えもわかるような気がする。僕の考えが、ある種の感情論に過ぎないこともね」

「おにいさん、感情論だなんて、そんなこと……」

「そうですよ、にいさんが怒るのは、当然です。酒の勢いを借りて僕ら夫婦の勝手な希望を、そのままにいさんにぶつけてしまったんですから。千鶴にもさっき、怒られちゃいましてね。あまりにも失礼だって」

「失礼だとは感じなかったよ。驚いただけさ。だって、君たちがそんなことを考えているだなんて、思ってもみなかったから」

「すみませんでした。これからもにいさん、今までと同じように、親戚づきあいを続けて

もらえませんか？　僕がにいさんに失礼なことをしたせいで、にいさんがもうここへ来てくれなくなったら、両親に申し訳ができません。なにしろ、おやじとおふくろにとって健太郎は、たった一人の孫ですから」

血のつながりとは面倒なものだな、と義治は改めて思った。そもそも、隆司が健太郎を養子にしたいというのも、血のつながりの問題なのだし、真知子の両親が健太郎に特別な感情を抱くのも、血のつながりがあるからだ。

そんなに血のつながりって、大切なものなのか。

なんてことを口にしようとして、義治は矛盾に気がついた。自分が健太郎と暮らしているのも、自分が健太郎にとって、生物学上の親であるから、すなわち、血がつながっているからだ。そして、同じく血がつながっている真知子の両親や隆司に対して、なんだか優位にあるような気がしているのも、血のつながりが深いからだ。

血のつながりによって、自分はなんとか健太郎の父親として扱ってもらっているだけなのだ、義治はふとそんなことを考えて、情けないような気持ちになった。血のつながりだけで、父親だなんて威張っていちゃいけない。もっと親としてしっかりせねば。

真知子の一周忌が終わった。これが一つの区切りになるかと、義治は思っていたが、実際はまだまだ、迷いの途中にある。だが義治は、その迷いを受け止めて、歩き続けねばならない。

「とにかく、僕はもう寝るよ。健太郎のことは、もう一度よく考えてみる。僕と二人で暮らしてゆくことが、本当に一番いいことなのか、僕にもわからなくなってしまったんだ」

「おにいさん、そのことはもう忘れてください。この人と私が、勝手に夢のようなことを話していただけなんですから」

「そうですよ。健太郎の気持ちも考えないで、健太郎がうちの子になってくれたらいいな、なんて、二人で話していただけなんですよ」

「もういいよ。君たちの気持ちはわかった」

義治は二階の客間に戻って布団に入り、隣で寝ている健太郎の顔を見つめた。かわいい顔をしている。だが、かわいい顔をしているからこそ、余計に今の状況が不憫であるように感じられる。この、かわいい顔の奥に隠されている悲しみに、向き合ってやることすらできなかった、不甲斐ない自分。小さな胸の中にあることを、察してやろうともしなかった、身勝手な自分。

健太郎にとっては、真知子と義治の三人で暮らしてゆくことが、おそらく一番いいことであったはずである。また、もし真知子の代わりに義治がいなくなり、真知子と二人で暮らしてゆくことができたのなら、そのほうが随分とマシであったはずである。健太郎はもう、どうしたって、一番いい環境で育ってゆくことはできない。どうするのが一番マシなのか、という、あきらめや妥協にまみれた選択をするしかないのだ。

義治は、それからしばらく眠れなかった。そのうちに涙が出てきて、そこに嗚咽が加わった。健太郎が起きてしまうといけない、そう思い、頭から布団をかぶったが、どんどん大きくなってゆく嗚咽のせいで、やがて健太郎が目を覚ましてしまった。

「おとうさん、泣いてるの？」

「そうだよ。ごめんな、みっともないだろ？　恥ずかしいよ」

「仕方ないよ。今日はおかあさんの一周忌なんだもん。そりゃ悲しいよね」

「でもそれは、健太郎も同じだろう？」

「うん。でもきっとおとうさんのほうが悲しいはずだよ。だっておかあさんとは大学生の時に知り合ったんでしょ？　おとうさんは僕よりずっと長い時間、おかあさんと一緒に過ごしたんだもんね」

「健太郎、おまえも泣いていいんだぞ」

「僕は泣かないよ。あのね、おかあさんの病院にお見舞いに行ったときにね、おとうさんはやさしい人だけど、寂しがり屋さんだから、あなたがしっかり支えてあげてね、って頼まれたんだ。だから、僕は泣かない。おとうさんを支えてあげなきゃならないから」

「おまえは強いんだな」

「うん、強いよ。おかあさんがいないのは悲しいけれど、力を合わせて頑張ろうね。大丈夫だよ、おとうさん。僕がついているから」

義治はもう、ただただ、泣いた。ああ、真知子、真知子、真知子。君は亡くなる前に、健太郎の心のケアまで済ませてくれていたんだね。それだけじゃなく、君がいなくなった後の僕のことまで、健太郎に頼んでおいてくれたんだね。どうして君は、そんなにすごいんだ。どうしてそんなにやさしいんだ。どうしてそんなに頭がいいんだ。どうしてそんなに責任感が強いんだ。どうして君はそんなに、完璧なんだ。

「そうだな。頑張らないとな」

義治は健太郎の頭をなでると、「おやすみ」と言って、また布団に潜り込んだ。それからもしばらく、声を殺して泣いていたが、もう義治の心に迷いはなかった。

健太郎と二人で、暮らしてゆく。

そんな決意を今さらしている自分を、義治は恥じた。迷うことなんて、初めからなかったのだ。

この、弱虫め！　優柔不断な、臆病者め！

早期退職をしたおじさん

人生とは、儚いものである。

人生なんて言葉を口にするなんて、おじん臭い。おじん臭いなんて言葉を使うなんて、まさにおじん臭い。私はおじんだから、おじん臭い。

業績の悪化に伴って、会社は四十五歳以上の社員を対象に、早期希望退職者を募集した。退職金が割り増しされるとのことだったが、会社に残るほうがいいに決まっている。せっかくここまで勤め上げたのだから、どうせなら定年まで勤めたいじゃないか。

そう思っていたのだが、人事課長から早期希望退職制度についての説明を受けた時、気が変わった。人事課長のあいつだって、四十五歳以上、すなわち、早期希望退職制度の対象者だ。それなのに、涼しい顔をして、「まだ若く、気力もあるうちに、自由な時間とセカンドキャリアの形成を……」みたいな綺麗事を述べやがって。若くて気力がある社員を、なぜ辞めさせようとする？　セカンドキャリアの形成なんて、難しいに決まっているし、もし誰にでもできるというのなら、まずおまえがやって見せろ。つまりはあれだ、リストラだろう？　クビ切りだろう？　さっさと辞めて欲しいと、遠回しに言っているだけなんだろう？

非常に不愉快であった。

もういいや、なんてちょっと捨て鉢になって、さっさと手続きをしてやった。三歳下の妻は今も会社勤めをしているし、私の退職金も割り増しされた。一人息子も、大学まで出した。

贅沢をしなければ、生活はなんとかなるはずだ。いいですよ。遠慮なく、若くて気力もあるうちに、自由な時間を楽しませてもらいましょう。なにせ、人生は、儚いものなのだから。

妻は私の早期退職に反対しなかったどころか、「おつかれさまでした」とまで言ってくれた。ずっと共稼ぎをしてきたので、これまでも家事の分担はある程度していたが、退職後は私の担当する部分をずっと多くし、妻の負担を減らすことにした。家族は支え合うものなのだから、会社の仕事がなくなっても、家族の一員として、家族のために働くべきなのだ。

朝食の支度をし、妻と息子を送り出して、洗濯機を回して、家の中を掃除する。すると大体十時までには、家事も一段落する。それから昼までは、新聞を読んだり、テレビを見たりして、世の中では今、何が起こっているのかを確認する。退職をし、社会との接点が薄れてしまっても、時代に取り残されるのは嫌だ。ばっちり情報を仕入れたら、腹が減っていても、いなくても、残り物やインスタントもので簡単に昼食を済ませ、後片付けをするのだが、その後は特にやるべきことが思い浮かばず、洗濯物が乾く夕方まで、ぼんやりとしていることが多い。

優秀な主婦は昼食後から夕方までの時間に、何をしているのだろう。仕事というのは自分で見つけるものであり、その仕事によって家族の生活が、よりよいものになるのかもしれない。しかし私は、家事分担をしてきた、などと威張って言えるほど積極的に家事を行ってきたわけではなく、家事スキルの比較的高い妻の指示に従って、自分に振り分けられた仕事を、淡々とこなしてきたに過ぎない。したがって、一通りのことは出来るが、応用も利かなければ、新しいアイデアをひねり出すことも出来ない。

ならば、空いた時間に趣味をするなり、教養を身に着けるなりすればよいのだけれども、それも難しい。会社勤めをしている間、私は休日や帰宅後の自由な時間を、家族のために費やしてきた。というと、格好をつけすぎだろうか。要するに、レジャーについてはいつも妻頼み。私は妻の企画した通りに、妻の後ろをついて回るだけだった。

会社の仕事はそれなりに頑張ってきたつもりだが、家事も下手。遊ぶのも下手。家庭における私は、いわゆる指示待ち人間であった。わが家のリーダーはあくまでも妻で、私は部下。それもリーダーの指示を待っているだけの、優秀であるとは決して言えない部下。

このような私が、家庭からリストラをされるというのならまだ解る。しかし、長年自分の能力を最大限とは言えないまでも、それなりに発揮してきた会社からリストラされるのは、納得がいかない。私が勤め上げた年月とは、一体何だったのだ？　私の頑張りは、無駄であったのか？

悔しいけれど、虚しいけれど、あまり嘆いてばかりいるのはよくない。割り増しされた退職金と、自由な時間。これを有効に使わなければ、結局早期退職に応じたという選択が、間違いであったということになってしまう。それはさらに悔しく、虚しいことだ。

会社員として、長年働いてきたけれども、別に会社員になりたかったわけではなかった。生きるために、生活を成り立たせるために、自分はどうすべきなのか。あくまでも現実を見、妥協を重ねながら、より安全な道を選択してきた結果が、今の私の姿なのである。

本当は、旅をして暮らしたかった。サーカスの一員とか、旅回りの役者とか、虚無僧とか、そういう職業について、旅の中で暮らしたい、そんなぼんやりとした夢が、かつての私にはあった。もちろんそれを実現するために、サーカスの一員になろうと宙返りの練習をしたり、旅回りの役者になろうとチャンバラの稽古をしたり、虚無僧になろうと尺八を習ったりしたわけではない。本当にただぼんやりと、そういう暮らしって楽しそうだよな、と憧れていただけだ。

旅に憧れていたのに、私が長年やってきたのは事務職。オフィスで毎日数字と格闘しながら暮らしてきた。オフィスの外に出られるのは、昼食の時ぐらい。後はずっとオフィスの中。そんな生活の中での小さな楽しみは、通勤の満員電車。吊革につかまりながら、朝の街、夜の街を眺める時間。コンクリートで固められた都会の風景の中にも、季節を感じられるものが所々に混じっている。街路樹や、公園に植えられた木々の色づき。小学校の校庭に咲く桜。鉄橋を渡る時に見える、河川敷の夏草。それらを感じることで、味気ない通勤時間ですら、小さな旅をしているような気分になれる。

毎日することもなく、ぼんやりと暮らしているくらいなら、いっそ旅に出てみようか。それも列車に乗って行くのがいい。満員電車の小さな旅を、もっとでっかく、デラックスなものにするのだ。

妻にそう話してみたら、「いいんじゃない?」と言ってくれた。しかしそれは、積極的に賛成してくれているというよりは、「好きにすれば?」という様子であった。私の行動になど、さほど関心がないのだろう。妻はきっと、忙しいのだ。

いいですなあ、毎日仕事がある人は。

もしかしたら妻は、私の作る決して美味しくはない料理や、いい加減な洗濯物の畳み方に、うんざりしているのかもしれない。会社で毎日誰かと話をしている妻は、一日中誰とも話さないでいるせいか、妻が帰ってくるとやたらと話をしたがる私に、嫌気がさしているのかもしれない。だから、たまには旅にでも出てもらいたいのかもしれない。ならば遠慮なく、旅に出かけさせてもらいましょう。でっかくて、デラックスな旅に。

でっかい旅とはどんな旅だろう、と考えてみると、すぐに「北海道はでっかいどう」というフレーズが頭の中に浮かんできた。たしか、何かのCMのキャッチコピーだったような気がする。旅行会社だったか、航空会社だったか。忘れたけれど、悩める私を救ってくれる、素晴らしいフレーズだ。北海道は間違いなくでっかい。雄大な自然に、広大な農地。日本一でっかい都道府県でもある。

また、でっかいだけではなく、上野から札幌まで行く列車も出ている。「北斗星」という、有名な列車だ。様々なメディアでも度々紹介されているし、この列車には以前から関心を持っていた。ブルートレインというくくりの列車なのだが、一般的な寝台だけではなく、一人用のデラックスな個室もあるらしいし、食堂車では本格的な料理が食べられるらしい。まさに、でっかくて、デラックスな旅にぴったりの列車だ。上野から札幌までは、「カシオペア」という列車も出ている。こちらは、A寝台個室ばかりで構成されているという、北斗星以上にデラックスな列車だが、すべての個室が二人用、もしくは二〜三人用で、一人用の個室というのが、一部屋もないのである。すなわち、上野から札幌まで行く列車の、一人用個室としては、「北斗星」のA寝台一人用個室「ロイヤル」が、最もデラックスなのだ。

ただ、このプランにも、問題が一つだけある。「北斗星」のA寝台一人用個室「ロイヤル」は、一編成に四室しかない上に、人気が高く、切符を取るのが非常に難しいらしい。だが、私のでっかくて、デラックスな旅を実現するには、このA寝台一人用個室「ロイヤル」が必要不可欠であるように思える。私は必ず、この切符を確保してみせる。

列車の寝台券は、乗車日の一カ月前、午前十時から発売される。どうせ暇な身体だ。私は毎朝十時に、みどりの窓口に並ぶことにした。旅行の日程なんて、切符が取れてから考えればいい。とにかく上野から札幌まで、A寝台一人用個室「ロイヤル」に乗ることさえできれば、あとはどうにでもなる。

何カ月でも、何年でも、みどりの窓口に通うつもりだったのだが、運がよかったのだろうか。ほんの三日並んだだけで、「ロイヤル」の寝台券が取れた。平日でも、私と同じような立場の人や、すでに定年退職をされて、悠々自適な生活をされている方もいるはずだ。三日並んだだけで手に入れられたのは、きっと幸運だったのだろう。

出発するのは、五月の最終週の、火曜日。水曜日に札幌に着いて、そこでレンタカーを借り、その夜は富良野に泊まる。翌日は、富良野や美瑛を観光し、層雲峡までドライブ。そこで一泊して、翌日旭川の空港から、飛行機で羽田へ帰ってくる、という日程を組んだ。

でっかい旅をすると言いながら、北斗星での一泊を含め、たった三泊四日の日程を組んでしまったことに、自分という人間の、スケールの小ささを感じてしまった。割り増しされた退職金をもらったものの、今は無収入の身。金銭的な問題を考えると、やはり思い切れない。ただ、デラックスな旅、という面においては、A寝台一人用個室「ロイヤル」を利用するわけだし、富良野のホテルも層雲峡の旅館も、まあまあのところを予約した。小さめだけれども、デラックスな旅ではある。「でっかい」の部分は北海道に任せて、ということにしようか。

なにせ「北海道はでっかいどう」だからね。

そんなことをちまちま考えたりしながら、出発までの一カ月を過ごし、とうとう上野駅のホームに立った時は、まさに感無量であった。列車というものは、何故に人の心をこんなに興奮させるのだろう。私は、鉄道マニアを自称できるほど鉄道に詳しくはないが、列車というものには、ロマンを感じるタイプだ。満員電車での通勤は確かに大変ではあったが、もし、マイカーや自転車で通勤をしていたら、私の会社員生活は、もっと味気ないものになっていたと思う。

残業で疲れ果て、ホームのベンチに腰を下ろした時。目の前にある二本のレールが、ずっとずっと遠くの街まで続いているという事実を突然思いだして、にわかに興奮を覚えたことが、幾度もある。今、北海道のとある駅のホームで、あるいは、鹿児島のとある駅のホームで、私と同じようにレールを見つめている人がいるかもしれない。その人が見つめているレールと、今私が見つめているレールは、つながっている。

今日はこのレールが本当に北海道まで続いていることを、北斗星に乗りながら体感することが出来るのだ。知識として持っていることでも、やはりこの身で感じたい。知識を得るだけで満足できるのなら、そもそも旅に出る必要なんてないだろう。本や映像で調べればいいのだから。

青く美しい車体を眺めながら、ホームを歩く。私が乗るのは十号車。機関車と電源車を合わせて、十三両となる編成の、やや前の方だ。一番後ろとなる一号車の辺りで、列車が入線してくる様子を見ていたので、十号車まではなかなかの距離がある。私はその距離が与えてくれた時間を、存分に楽しんだ。

長い編成の真ん中辺りには、ロビーのような空間を備えた車両が連結されていて、その隣の車両は食堂車になっていた。私はそれらの車両の窓を覗き込んでは、当たり前のことなのだが、この列車は本当に北海道まで行くのだな、と実感し、興奮を覚えた。この列車には、長い旅をする車両としての説得力がある。いやむしろ、この列車にとっては、札幌なんて近すぎるのかもしれない。数日間でも、数週間でも、乗っていたいと感じさせられるような、素晴らしい列車だ。

そんな思いは、A寝台一人用個室「ロイヤル」の室内に入って、さらに大きくなった。一人用の個室としては、もったいないぐらいの広さ。木目調の壁には、暖かい色の照明が点いている。壁沿いにはベッド、反対側の壁には窓の近くにテーブルが設置されていて、座り心地のよさそうな椅子がついている。テーブルの上部には大きめのモニターまで設置されており、その横にはインターホンが。そちら側の壁の一部は折戸になっていて、その奥はトイレとシャワーのある、小さな空間になっている。ここでなら、何日でも生活出来そうだ。それも、かなり快適に。

テーブルの上には、ウエルカムドリンクが用意されている。これがまた、ワインのボトルに、お茶、ウイスキーのミニボトル、ミネラルウォーター、さらには氷まで、というデラックスさ。この後たとえ、ずっとイカの塩辛だけで残りの日程を過ごすことになったとしても、この旅はデラックスなものであったと、胸を張って言えるだろう。

荷物棚にカバンを置いて、窓際の椅子に座った。この椅子は固定されていないし、座面がくるくる回る構造なので、座りやすいように少し位置をずらし、座面をくるりと回して、窓の方に身体を向けた。

窓に向かって、しかもこんなに窓の近くに座って、列車から外を眺めるのは、生まれて初めてかもしれない。ボックスシートなら横を向かなければ外が見えないし、ロングシートなら向こう側の窓の外を眺めることになるし、車内が混んでいれば、そもそも窓の外が見られない。吊革につかまって立っている時ならば、意外と外が見えるけれど、私の身長だと、首をかがめるようにしなければならないし、誰かの頭が必ず視界に入ってしまう。ところが、今の私のこの状態、視界全体が窓。外の景色。いや、贅沢ですわ。デラックスですわ。

そんなことをしているうちに、列車が動き出した。長い客車を先頭の機関車が引っ張っているからだろうか。走り出しは非常に緩やかだ。動き出す瞬間に、「ゴトン」という軽い衝撃はあったが、客車には電車と違い、モーターがついていないので、走り出してしまえば静かで、なかなかに優雅なもの。

しばらくするとオルゴールのメロディが鳴り、車内放送が始まった。

☆

お待たせをいたしました。本日もＪＲ東日本をご利用くださいまして、ありがとうございます。東北線、津軽海峡線経由で参ります、寝台特急北斗星号、札幌行きでございます。担当車掌は青森運輸区の○○と△△、五号車と十一号車に乗務しております。途中青森までご案内いたします。青森からはＪＲ北海道の乗務員がご案内をして参ります。併せてよろしくお願いいたします。

車内のご案内をいたします。列車は前から十一号車、十号車、九号車の順で、一番後ろが一号車です。一号車、二号車、十一号車は、二段式のＢ寝台車、その他は個室寝台車でございます。半室ロビーは六号車、食堂車は七号車でございます。禁煙車は一号車、二号車、七号車、六号車半室ロビー通路デッキでございます。よろしくお願いいたします。

食堂車の営業につきましては、準備が整いましたら、係の者からこの放送を持ちましてご案内をいたします。

個室寝台をご利用のお客様、お部屋の鍵は開いておりますので、お部屋のほうでお待ちください。

三号車、四号車、五号車の個室寝台ご利用のお客様、お部屋の鍵は四桁の暗証番号式でございます。六号車、八号車、九号車、十号車ご利用のお客様、お部屋の鍵がございます。後ほど寝台券確認の際にお持ちいたしますので、お部屋にてお待ちください。

六号車半室ロビーには、ビデオの放映、ＢＧＭ、シャワールームがございます。シャワールームご利用のお客様、シャワーカードは食堂車で販売をいたしております。

これから先、停まる駅と到着時刻をご案内いたします。

次は大宮でございます。大宮十九時二十八分、宇都宮二十時二十七分、郡山二十一時五十二分、福島二十二時二十七分、仙台二十三時二十八分、仙台の次は函館でございます。函館は明朝六時三十五分、森七時三十八分、八雲八時五分、長万部八時二十九分、洞爺八時五十九分、伊達紋別九時十一分、東室蘭九時三十四分、登別九時五十分、苫小牧十時二十分、南千歳十時四十一分、終点の札幌には、十一時十五分到着を予定いたしております。ご参考までに、青函トンネル進入時間は、五時七分頃を予定しております。青函トンネル内をおよそ四十分間走行します。

お客様にお願いをいたします。お休みなる際には、現金、貴重品は必ず身に着けまして、盗難に遭いませんよう、また、寝台の上段ご利用のお客様、はしごの昇り降りの際、お足元に充分お気をつけください。洗面所ご使用の際、外したメガネ時計など、お忘れになりませんよう、お願いをいたします。また、浴衣姿での食堂車、ロビーカーのご利用はご遠慮くださいますよう、お願いをいたします。

ただいまから、寝台券の確認をさせていただきます。一人で五両から六両担当いたします。多少遅くなる車もあるかとは思いますが、ご協力をお願いいたします。個室寝台ご利用のお客様、お返事がない場合には開けさせていただく場合がございますので、ご了承ください。

ご利用くださいましてありがとうございます。

次は大宮でございます。

☆

放送を聴いて私は感動した。何ですか、この長さは。長い距離を走るのだから、当然停車駅の案内も長くなるし、車内設備も充実しているから、その案内も長くなる。いやあ、あっぱれ、あっぱれ。デラックス、デラックス。車内放送の長さはすなわち、デラックスな旅であることの証。

気分は上々。それからはただ、窓の外を眺めて過ごした。最初の停車駅である大宮を過ぎてしばらくした頃、食堂車「グランシャリオ」の準備が整ったという旨の、車内放送がかかった。

ディナータイムに食堂車「グランシャリオ」を利用するには、「お食事予約券」というのを予め入手しておかなければならないのだが、私はそれを持っていない。しかし、心配は無用。A寝台一人用個室「ロイヤル」と、A寝台二人用個室「ツインＤＸ」の利用客は、ルームサービスで懐石御膳を頂くことが出来るのである。もちろんこちらも予約が必要なのだが、私は食堂車を予約するか、ルームサービスの懐石御膳を予約するか迷った末に、ルームサービスを選んだ。なぜなら、ルームサービスを利用できるのは、「ロイヤル」と「ツインＤＸ」の利用者のみ。よって、よりデラックスなのはどちらか。答えは明白である。

車内放送があってからいくらもしないうちに、懐石御膳が運ばれてきた。運んできてくれたのは、蝶ネクタイに黒いベストを着た、ホテルマンのような出で立ちの男性。懐石御膳の四角い弁当箱と、デザートの饅頭が載った皿、汁の入ったお椀、お茶の入った湯飲みを、丁寧に窓際の机の上に置いてくれた。「熱くなっていますので、お気を付けくださいませ」なんて言葉まで添えて。

いやいや、ホテルみたいじゃないの。いいね。デラックスな雰囲気を一層引き立ててくれるような、ナイスなサービス。

弁当箱の蓋を開けると、中は六つに仕切られていて、色とりどりの料理が盛り付けられていた。高級料亭のお弁当、といった風情。ついてきたお椀の中身はお吸い物。箸をつける前からわかる。これは美味い弁当だ。

カタン、カタンと時々音がする。列車に乗っていることを実感する。ただ、食べているのは駅弁じゃない。駅弁より、ずっとデラックスな弁当。座っているのは普通車の座席でもなく、もうちょっとデラックスなグリーン車の座席でもなく、もっともっと豪華なA寝台一人用個室「ロイヤル」の椅子。ホテルのような室内。不思議な感じだな。ホテルの中にいるようなのに、ここは列車の中なのだ。ホテルのような部屋でくつろいでいるだけで、明日の朝札幌に着くのだ。

こりゃ、魔法の絨毯よりずっと快適だ。

幸せだ。魔法の絨毯に乗るには、魔法が使えなくてはならない。魔法を使えるようになるためには、どんな素質と、どんな修業が必要なのかは知らないけれども、まあ、大変であることは間違いない。ところが北斗星ならば、切符を手に入れるだけで乗れる。しかも、ずっと快適に、デラックスな感じで、移動をすることができる。魔法の絨毯なんて、すごくいいものであるような気こそするけれど、実際は生身で空を飛んでいくわけだから、夏であっても夜は寒いだろうし、酸素は薄いだろうし、もし雨でも降ってきたら、ずぶ濡れだ。私にはわかった。人類に魔法は必要ない。文明と、文化と、科学と、幸せを感じる心があれば、魔法使いになるより、ずっと人類は幸せになれる。

デラックスな弁当をいただき、非常に贅沢な時間を過ごしたのだが、私はまだまだ、デラックスを求める手を緩めるつもりはない。ルームサービスを利用するのはデラックスなのだけれども、そのデラックスを手に入れた場合、今や貴重となってしまった食堂車、それもあの、評判も高き北斗星の食堂車「グランシャリオ」を利用するという、貴重でデラックスな体験が出来なくなってしまう。

と、思ったでしょう？　大丈夫です。予約客のディナータイムが終了し次第、食堂車「グランシャリオ」では、予約なしで利用できる、パブタイムというのが始まるのです。さっき車内放送でも言っていました。パブタイムの準備が出来たら、また車内放送で案内をしてくれるそうです。

だが心配なのは、満員で座れない可能性があることだ。私も会社員時代に、昼の食堂で度々経験した。さあ、昼飯に出ようか、と思ったところで部下に、「あの課長、この書類なのですが」とか何とか言われて、五分か十分会社を出るのが遅れ、行きつけの食堂に着いたら、すでに満席。入口に並んで、限られた昼休みの残り時間を確認しながら、ハラハラドキドキ。爪楊枝でシーシーやってんなよ、バカ。混んでいるんだから、飯が済んだら早く席を立て。シーシーしたけりゃ道を歩きながらしろ。なんて店内の客を心の中で罵倒して、イライラ。ようやく席について、一番早く出来る日替わりランチを頼んで、慌てて食べたらシーシーする間もなく会社へ戻る。

あれはいただけない。

出遅れは命取り。ならば、出遅れなければよいのである。たしか、食堂車の隣の車両には、ロビーのような空間があった。食堂車の準備が整いました、みたいな放送では、ディナータイムは二十一時十五分までで、その後準備が整い次第パブタイム、と言っていたはずだから、ディナータイムが終わるちょっと前に、隣の車両のロビーに行って、食堂車の様子を伺いながら、必要であれば並ぶ、みたいな感じでどうだろうか。うん、いい。ナイスアイデア。

ロビーに移動すると、グランシャリオの扉の前にもう何人か並んでいた。まだ、ディナータイムが終了するまでには大分時間があったが、私は一番後ろの若者のグループに、「これは、パブタイムを待っているんですか？」と尋ねてみた。すると彼らは、「そうですよ。パブタイムを待つ列は、こちらのロビー側に出来るんです。僕らは四人組なので、相席でバラバラに座るのも寂しいかな、と思って、早めに並んでいるんですよ」と教えてくれた。

私は「ありがとう」と言って、そのまま若者たちの後ろに並んだ。

早めに並んだおかげで私は、難なく席を確保できたが、やはり相席は避けられないようで、私が席に座ってしばらくすると、向かいの席に男性が一人やってきた。

おじさんと言われるような年齢ではあるが、私よりは幾分、おじさんとしてのキャリアは浅いように見える。知らない人と相席になる場合は、おじさん同士であるほうが気分的に楽だ。まかり間違って若い女性と相席になんてなろうものなら、気を遣って仕方がない。女性の側からしたって、いい気分ではないだろう。腹の中では「こんなおじさんが目の前にいたんじゃや、お酒もご飯もまずくなる」なんて思われているかもしれない。その点、おじさん同士ならお互い様だ。

おじさんにはおじさんが、一番やさしい。

人との出会いも旅の醍醐味の一つであるが、ロマンスを求めるような歳でもないし、家には働き者で、やさしい妻もいる。このような私が旅先での出会いを楽しむにふさわしい相手は、間違いなくおじさんだ。

さあ、旅先での出会いを楽しもうではないか。

私は相席となった男性と、話をしてみることにした。

「北斗星に乗られるのは初めてですか？　私は初めてなんですが、いやあ、素晴らしい列車ですねえ」

そんな、当たり前でなんのひねりもないことを口にしたのに、なぜかその男性は、可笑しくてたまらないといった様子で微笑みながら、首を横に振った。

「いや、初めてではないんですがね、なんと言いましょうか……」

「よく利用されるんですか？　もしかして、もう十回ぐらいは乗られているとか？」

「十回目なら、十回目です、と答えますけど、私の場合はですね、数えきれないほど、と言いますか、数えるのが大変なほど、と言いますか」

数えきれないぐらい？　数えるのが大変なくらい？

北斗星でのデラックスな旅、乗車するまでは正直、高いな、と思っていた。乗車後は、いや、この料金でこの喜び、もしかしたら安いと言えるかもしれないな、と感じたけれども、乗車するまでは高いと感じていたということは、やはり金額的には、まあまあ贅沢な旅行なのである。

この人、大富豪か？

「それはうらやましいですね。私はデラックスな旅行をするつもりで、この列車に乗りました。この旅の内容には満足していますけど、今の私の経済状態では、数えきれないほどこの列車に乗るのは無理ですから」

すると男性は、微笑みを大きく崩して、声を出して笑った。

「ははは。実は私、以前はＪＲに勤めていましてね。北斗星には、車掌としてしばらく乗務していたんですよ」

「ああ、そうでしたか。車掌さんなら、数えきれないほど乗務するのが当たり前ですね」

「ははは。なんだかもったいぶるような言い方をして、すみませんでした。しかし、なんと答えていいものか、ちょっと迷ったんですよ。北斗星に数えきれないほど乗っているのは事実ですけど、乗客として、というわけではないですからね」

この方、以前は北斗星の車掌さんだったのか。これはいい人と相席になった。色々質問してみたいが、迷惑だろうか。まあ、いくつか質問をして、迷惑そうであったら、質問をやめればいい。

「なるほど。車掌さんをしておられたのなら、色んな列車に乗務されたと思うのですが、北斗星に乗られることになった時は、どう思われました？　やはり、こういう列車に乗られるということは、名誉なものなんですか？」

「名誉といいますか、嬉しかったのは事実ですが、プレッシャーのほうが大きかったですね。ブルートレインというのは以前からありましたけど、北斗星のデビュー当時は、特別な列車、かつてない列車、というイメージがありましたから」

「ほう、プレッシャーですか。それは、サービスの面においてですか？」

「サービスの面においてもそうですね。初めての東京と北海道を直通する列車でしたし、このグランシャリオをはじめ、ロビーカーや豪華な個室など、設備面でも注目を集めていましたから、お客さまもきっと大きな期待を抱いて乗車されるのだろう、だからその期待に応えなくては、なんて。また、運行面でもそうです。私はＪＲ東日本の社員でしたから、青森〜札幌間を担当していたのですが、結構な長距離を交代なく乗務するわけですから、正直、大変だろうな、という気持ちが大きかったですよ」

出発直後の放送ではたしか、青函トンネルの進入は五時七分頃を予定していると言っていたから、そのちょっと前に青森で交代するとしても、なかなか長時間の乗務となる。乗客へのサービスだけでなく、車掌さんには、乗客の安全を確保するという責任もあるだろうから、その間、ずっと気を張りっぱなし、というわけか。この方が北斗星の車掌さんだったと聞いた時、まず、楽しそうでいいな、と思ったけれども、当然ながら、私が考えるほどのんきなものではないのだろう。それでも、憧れるよなあ。この素晴らしい列車に乗って旅をし、その旅を仕事とする。なんて素敵な人生だろう。

「たしかに大変そうではありますが、やりがいも大きかったんじゃないですか？」

「やりがいもありましたけれど、楽しみも多かったですよ。列車というのは、色んな人が乗っていますからね。北海道と東京を、どうしてそんなに頻繁に往復しているの？　なんて質問してみたくなるぐらい、よく顔をお見かけするお客さまもいらっしゃいましてね。こちらもお顔を覚えているんですけど、向こうさんも私の顔を覚えていてくださっていて。寝台券の確認に行った時なんかに、いやあ、しばらくですねえ、なんて言い合ったりして」

「それはもう、常連さんですね。私は長年電車で通勤していましたけれど、毎日同じ列車に乗っていたはずなのに、お世話になった車掌さんの顔なんて、一人も覚えていないですよ」

「都会の通勤列車とは、随分雰囲気が違いますからねえ。お客さまも、気持ちがゆったりされている方が多いし、こちらとしても、一人一人のお客さまと向き合う時間が長いから、なんとなくお互いに、顔を覚えているんでしょうね」

北斗星の車掌というのは、とても人間的な仕事であるように思える。人は何故旅行をするのだろう、と考えると、それはやはり、日々の生活で摩耗してゆく心を癒し、人間性を取り戻すため、ではないだろうか。もちろん、それがすべてではないのだろうけれど、意識している、していないに関わらず、人が旅行をする理由としては、圧倒的に多いのではないだろうか。

「素晴らしい仕事ですね。ストレスなんてほとんど溜まらなかったでしょう？」

「いや、それなりに色々ありましたよ」

「へえ。たとえばどんな？」

「やはり、一番のストレスは遅延ですかね。台風だとか、大雪だとか、そんな自然災害に見舞われると、大幅に遅れてしまいますから。遅延となれば後続の列車にも影響が出てしまいますし、乗客の皆さまにもご迷惑が掛かります。天気予報を見て、今夜は荒れそうだな、なんて思うと、何事もありませんように、と祈るような気持ちで乗務していました。それでも私は、車掌という仕事が好きでしたがね」

「自分の仕事を好きだなんて言えるのは、うらやましいですよ。私は長年、事務職をしていて、最近早期退職をしたのですが、自分の仕事を好きだなんて思ったことは一度もないです。ただただ、安定した生活のために、毎日会社に通っていただけで……」

たまたま相席になっただけの人に、こんな愚痴めいたことを聞かせてしまうのは、よくないことだろう。面倒なやつと相席になってしまった、なんて思われているかもしれない。この方とは、もっと話をしていたいけれども、そろそろ遠慮したほうがいい。私は「すみません、変なことを言ってしまって」と、自分の態度を詫びた。

「いえ、そんな。家族のために頑張ってこられた、それは立派なことですよ。私は、津軽のりんご農家の倅でしてね。親父は私に跡を継がせたかったようなのですけど、どうしても夢を諦められなくて、鉄道の仕事に就きました。その親父が数年前に倒れて、私はようやく決心をして、会社を辞めて、跡を継ぐことにしたんですけど、日々弱っていく親父を見ながら、もっと早く親孝行をすべきだったな、なんてことを考えてしまうんです」

この方は、本当にうまく人生を送って来られたのだな、と思った。自分の夢を叶え、最終的にはお父上の希望をも叶える。もっと早く親孝行をすべきだったと、後悔はされているようだが、それでも病床のお父上は、きっと喜ばれているだろう。

私もこの方のように、生きることが出来たのかもしれない。安定した生活のため、なんて言いながら、他人に威張れるほどの高給をもらっていたわけではないし、妻は経済的にも精神的にも、自立した女性だ。少々のリスクを負っても、妻や息子を路頭に迷わせるようなことには、ならなかっただろう。だからもっと自分の人生について真剣に考えていれば、自分の夢や希望について考え、それらと向き合っていれば、今とは違った人生が待っていたのかもしれない。

率直に自分の心に問いかけてみる。私は何故、自分の人生と向き合おうとしなかったのか。それはおそらく、怖かったからだ。妻と二人で稼いで、私たちは、一戸建ての家を持った。一人息子を大学まで出した。住宅ローンは重かったけれども、息子の教育費もそれなりに掛かったけれども、妻と協力して、なんとか不自由のない暮らしをしてきた。何故私はそうしたのか。何故そんな暮らしを大切にしてきたのか。妻に負担を掛けたくなかったから？　どうしても閑静な住宅地に、一戸建ての家を持ちたかったから？　違う。違うのだ。私は怖かったただけなのだ。一度手にしたものを手放すのが。目の前にぶら下げられた、少し手を伸ばせば届きそうなものに、手が届かなくなってしまうかもしれない、というリスクを背負うことが。私はそれらが、本当に欲しかったのだろうか。違うような気がする。それらを手に入れるべきだと考え、それらを手に入れることで生活が少し良くなると信じ、自分の人生を無難で、過不足のないものにしようとしていただけだ。

しかし、今とは違った人生があったのかもしれないな、とは思うけれども、後悔をしているわけではない。少なくとも、不幸な人生ではなかった。

私は何故、この旅に出たいと思ったのだろう。きっとそれは、これまでの人生に、思い出と満足感が足りていないからだ。日々、なんとなく暮らしてしまった、そんな後悔未満の思いが、私の中には確かにある。これからの人生を、まったく新しいものにするのは難しい。だが、新たな思い出を補完することで、今よりいくらか人生に対する満足感を高めてゆくことは出来るはず。完全に、ではなくとも、いくらかなら自分の人生を取り戻すことは出来るはず。

この旅は、その第一歩なのかもしれない。

どうやら私は、人生を取り戻すためにこの列車に乗っている、ということになりそうだが、この方はどうしてこの列車に乗っているのだろう。

津軽のりんご農家を継ぐために、ＪＲを退職した、とこの方は言っていた。ということは、現在は青森県に住んでいるはずだ。この列車は、青森には停まらない。というか、乗務員交代や機関車の付け替えのために停車はするけれど、青森駅では客扱いをしない。本州最後の停車駅は仙台で、着くのは確か二十三時二十何分と車内放送で言っていたから、仙台で降りるとしても、それから青森まで帰るのも難しそうだ。したがって、この方はおそらく、家に帰るために乗っているのではない。仙台に用事があるのなら、自宅のある青森から上り列車に乗るはずだし、今日は関東方面で用事をこなして、明日は仙台、もしくは北海道のどこかの町で別の用事をこなす、というようなことだろうか。とにかく興味深い。訊いてみよう。

「個人の事情に首を突っ込むみたいで恐縮なのですが、あなたはどうしてこの列車に乗っているのですか？　なんだか興味が湧いてきまして。差し支えなければ教えてくださいませんか？」

私がそう言うと、その方は、ふふ、と小さく笑ってから、教えてくれた。

「いやあ、実は私、この列車で津軽海峡を渡ったことがないんですよ。車掌をしていたころは、ずっと上野と青森を行ったり来たりでしてね。だから一度、この列車で津軽海峡を渡ってみたいと思ったんです。それで、どうせなら全区間乗り通したいと思って、昼間のうちに新幹線で上野まで行って、この列車で折り返してきた、というわけなんですよ」

「そうでしたか。やはりこの列車に愛着がおありで？」

「もちろん、愛着はありますよ。しかしいずれ、新幹線が青函トンネルを走るようになれば、この列車は廃止される。先月、とうとう親父が亡くなりましてね。葬式の時に、ああ、もうこれで親父とはお別れなんだ、なんて考えていたら、もっと親孝行をすればよかったとか、もっと早く家に戻ってくればよかったとか、色々と後悔の念が湧いてきたんです。当たり前のことなんですが、二度と戻っては来ないものが、この世には確かにあるのだと改めて実感して、そうしたら、いてもたってもいられなくなって、葬式の翌日に、この列車の切符を購入したんです。この列車が廃止になってしまった時に、同じような思いをしたくはないですものね」

この方は、お父上を愛するように、この北斗星を愛してきたのだろうか。それとも、大切な存在が失われてしまうことに対する恐れを、お父上の死をきっかけに、強く感じるようになったのだろうか。この方の心の中まではわからないが、この方にとって北斗星が大切な存在であることは、間違いないようだ。

「北海道まで新幹線が通れば、きっと便利になるのでしょうけど、この列車で旅をすることは、もう出来なくなってしまうんですよね……」

「仕方ありませんよ。時代が変わるんです。寂しいですけど、ブルートレインの時代が、もうすぐ終わってしまうんです」

時代が変われば、古くからあるものは、時代遅れになる。北斗星が廃止されたら、この素晴らしい車両たちは、一体どうなるのだろう。廃車になって、解体されてしまうのだろうか。それとも、どこか海外の鉄道会社にでも譲渡されて、異国で静かに余生を送るのだろうか。まだまだ現役で働けそうなのに、そう口にしかけて、自分の身を思い出し、思わず吹き出してしまった。

ああ、つまりは私も、時代遅れな人間なのだ。

グランシャリオの車内をぐるりと見回して、大きなため息を一つついた。ただ古いだけの私とは違って、こんなに素晴らしい北斗星でさえも、いつか時代遅れになってしまうのか。時代遅れじゃ、ダメなのかね？　新しい時代ってのは、そんなにいいものなのかね？こんなことを思うだなんて、私はおじん臭いかね？

でも、おじんは寂しいのだ。時代遅れなのだとわかっていても、寂しいのだ。誰に何と言われようと、寂しいものは、寂しいのだ。

大切なものとお別れするのが、寂しいのだ。

酪農家の跡取り

麻衣が東京の女になって、帰って来たらしい。

噂の出どころは、康夫だ。町のパチンコ屋で今日、たまたま隣り合わせになった時に、そう言っていた。康夫も直接会ったわけではなく、大石さんのところの、かすみさんから聞いたらしい。話を聞いただけなのに、「とってもきれいになってたってさ」と康夫は、にやにやといやらしく笑っていた。

康夫がにやにやするのも無理はない。康夫は高校の時、麻衣のことが好きだったから。昔好きだった女の子が、都会風のあか抜けた女になって帰って来たというのだから、にやにやもしたくなるというものだ。

おれはどうか、というと、そうでもない。正直、ふうん、という感じだ。麻衣が都会的になって、多少きれいになっていたとしても、おれにはあまり関係がない気がする。麻衣とは家が隣だったから、物心の付いた時には、もう一緒に遊んでいたし、女の子、女性、異性、という感じはあまりしない。歳は一緒だけれども、妹みたいなものだ。もしかしたら姉さんかもしれないけれども、とにかくまあ、家族というのか、親戚みたいな感じだ。

麻衣は、おれの妹の早紀とも仲がよかったけれど、うちに遊びに来る時は、必ずおれの部屋に来た。麻衣と早紀は同じ女性同士、歳だって二つしか離れていないのに、早紀はおれたちの後ろをちょろちょろとついてくる、おまけみたいなものでしかなかった。ままごとをしても、早紀はいつも赤ちゃんの役。おれはおとうさん、麻衣はおかあさん。とにかくおれたちは、小さな頃からとても仲がよかった。

それなのに、まだおれに挨拶がないとは、ちょっと冷たいんじゃないか。なんてことを思うけれども、それも仕方ないような気がする。麻衣は親父さんの反対を押し切って東京に出た。おれのところに顔を出したら、親父さんに見つかって、どやされるかもしれない、なんて、ちょっとビビっているのだろうな、と思う。

おれのところに寄るとしたら、夜になってからだろうか。麻衣の親父さんは、夜の八時か九時には寝てしまうから、その後だろう。昔みたいに、おれの部屋の窓を、レーキの柄でコツコツやって、窓から入って来るんだよ、きっと。

あいつの親父さん、酒を飲まなければいい人なんだけれども、酒がな、よくないよな。おふくろさんも、酒が原因で出て行ってしまったみたいだし、あいつも苦労をしていたものな。

親父さんは大工をしていて、朝が早いからか、仕事から帰ってくるとすごいスピードで酒を飲んで、そのまま寝てしまうことが多いようだった。毎日酒を飲んで、すっと寝てしまえばいいのだけれども、なかなかすっとはいかない日もあったみたいだ。昼間、面白くないことがあったからなのか、そのせいで酒を飲みすぎてしまうのかは知らないけれども、妙な酔っぱらい方をする時が、あの親父さんには度々あったらしい。今はもう、随分大人しくなってしまったけれども。

親父さんは、麻衣が出て行ってから、だんだんと元気がなくなり、しょぼくれてしまった。ちょっと気の毒ではあるけれども、おれは麻衣に戻って来てやれ、なんてことは言わない。あいつは、あいつの人生を歩むべきなのだ。あの親父さんに縛られていちゃ、きっと幸せにはなれないさ。

どうして麻衣は帰って来たのだろう。あの親父さんが生きているうちは、きっと帰って来ないだろうと思っていたのに。この町が恋しくなったのだろうか。麻衣は学校では明るく、人気があった。友達だって多かった。この町であいつを大切にしていなかったのは、あの親父さんだけなんじゃないだろうか。だから本当はあいつも、この町から出ていきたくなかったんじゃないかな、なんておれは思っている。でも、それは違うのかもしれない。ここは田舎だし、東京のほうが、色々と面白そうでもある。麻衣みたいなタイプには、キラキラした都会が合っているような気もする。

おれだって、都会の生活に憧れたことが、まったくなかったわけではない。ただおれには、ここでやることがあった。おれは、父ちゃんと、母ちゃんと、ここで牛を育てている。

父ちゃんのことも、母ちゃんのことも尊敬している。二人は立派な酪農家だ。酪農の盛んなこの地域でも、うちの牧場は大きくやっているほうだと思う。おれは将来、この町の酪農を牽引してゆけるような、立派な酪農家になるつもりだ。

でも麻衣は、この町に居場所がなかったのだ。いや、あの家に居場所がなかっただけなのか。学校でも人気者だった中学生の頃から、早く家を出たいと言っていたから。

麻衣は高校を出た後、東京のバス会社に就職して、バスガイドになったはずだ。それからのことは、誰も知らない。幼なじみのおれにも、高校で一番仲の良かった利恵のところにも、一度も連絡がなかった。利恵は何度か手紙を書いたみたいだけれども、返事は来ず、いずれ宛先不明で戻ってきてしまうようになったらしい。どうしているのかと、皆心配していたけれども、何年か経つうちに、だんだんと誰も麻衣のことを話さなくなった。おれは、こうして人というのは忘れられてゆくのだな、と思った。

麻衣がどうして連絡をくれなかったのかはわからないけれども、もしかしたら麻衣にとってこの町は、嫌な思い出が詰まった場所なのかもしれない。そうだとしたら、どうして帰って来たんだろう、という疑問がさらに大きくなる。東京で食い詰めた、なんてことも考えられるけれども、なにかもっといいことであると信じたい。たとえば、あの親父さんにもビシッと意見できる頼りがいのある彼氏が出来て、結婚の報告に来たとか、商売でも始めて成功して、おれたち昔の仲間に、凱旋気分でそのことを報告に来たとか、あのしょんぼりした親父さんが寂しさから改心して、麻衣にすまなかったと謝って、酒をやめて、和解したから、顔を見せに来たとか。

とにかくおれは麻衣が今、どんな形であれ、幸せであってほしいと思う。

そんなことを考えながら、一日の生活を終え、ベッドに横たわっていると、夜の十時を過ぎた頃、窓ガラスをたたく音がした。

「麻衣か?」

「うん」

「入れ」

「うん」

窓を開けてやると、麻衣は昔と同じように、「よいしょ」と窓枠をまたいで入ってきた。ただ、昔と違うのは、麻衣が短めのスカートをはいていることだ。パンツが見えてしまうかもしれないと思い、おれは目を逸らしてやった。

「久しぶりだな。元気だったか?」

「元気だよ。ゆうちゃんも元気そうだね」

「ああ、元気だよ。毎日牛乳を飲んでるからな」

「牛乳かあ。ゆうちゃんちの牛乳、もう何年飲んでいないだろうか」

「今持ってきてやるから、飲め。最近は、牛のストレスを少なくするための、新しい方法を試していてな、昔よりちょっと味がよくなっていると思うぞ」

「ありがとう。飲む」

父ちゃんと母ちゃんを起こさないようにそっと台所に行って、牛乳を持って戻ると、麻衣はなぜだか、床に座ってしくしく泣いていた。

「なんで泣いてるんだ？」

「わからない。でもなんだか、懐かしくて、温かくて」

「温かいのがいいのか？　じゃあ、牛乳も温かくするか？」

「いいよ、冷たいので。そういうことじゃないから」

「そうか。まあ、うちの牛乳は冷たくても、温かくても、うまいからな」

グラスを手渡してやると、麻衣はごくごくと音を立てて勢いよく飲み、「おいしい」と言って笑った。

「うまいか。ありがとうな。そんな風にうまそうに飲んでもらえると、おれも嬉しいよ」

「ゆうちゃんのそういう感じ、変わらないね。ゆうちゃんって、子どもの頃からずっと、自分のうちの牛乳を自慢していたものね」

「そうだよ。やっぱりうちの牛乳が一番さ」

「そういうの、素敵だな」

「そうか？　素敵だなんて言われると、照れちゃうよな」

あはは、と笑った麻衣の顔が、本当に楽しそうで、おれは少し安心した。おれの部屋に来てすぐに、床に座って泣いたのだ。よほどつらいことでもあったのだろうか、なんて心配するのが当然だ。

「ここは、ずっと変わっていないんだね」

「そうか？　でも、ちょっとずつは変わっているんだぞ。牛舎に新しい機械も入れたし、ほら、そのオーディオ、新しいの買ったんだよ。全部で二十万くらいしたんだぜ。なんて言っても、麻衣ほどには変わっていないか。随分、あか抜けちゃったもんな」

「中身はなにも変わっていないけどね」

「そうなのか。でも、外見は変わったぞ。そんな服着てる人、ここらじゃ見かけねえもの。髪型から化粧から、洗練されている感じがするし、すっかり東京の人って感じだよ」

「そう？　きれいになった？」

「どうだろ」

どうだろ、とは言ったけれど、麻衣は確かにきれいになっている。互いに洟を垂らしていた頃から知っている、幼なじみのおれですら、ちょっとドキッとするほどに。きれいになった上に、ちょっと色っぽくもなっている。ただおれは、変な気持ちは起こさない。なぜなら、色っぽく見えるのも、服や化粧や髪型のおかげだと、よくわかっているから。それに、きれいになったね、なんて幼なじみに言うのは、照れ臭いし、きまりがわるい。

「もう。そこですっと、きれいになったね、って言えないから、ゆうちゃんはモテないんだよ」

「それを言うなって。ただでさえ、農村の嫁不足は深刻なのに、おれ、一体どうするんだろうか」

「ごめん、マジな悩みだったね、それ」

「そうだぞ。少しは気を遣ってくれ」

何年も会っていないのに、当たり前のように会話が続くのは、幼なじみであるからだろうか。こんな風に何気ない会話を重ねてゆくのも悪くはないけれど、やはり麻衣は幼なじみ。今どうしてるのか、今幸せに暮らしているのかが気になる。もちろん、どうしてここに帰って来たのかも。

「なあ、ところで、どうして帰って来たんだ？」

「気になる？」

「ああ、気になるよ。だって何年も連絡をくれなかったし、麻衣はもうここには帰って来たくないんじゃないかって、思っていたから」

「別に大した理由はないんだよ。ただ、懐かしくなっちゃってね」

何年も帰っていない故郷のことが懐かしくなるだなんて、そこにもなにか理由があるはずだ。要するにおれが知りたいのは、どうして懐かしくなったのか、ということなのだけれど、それを率直に質問するのは、あまりよくないことであるような気もする。もっとやわらかい感じで、聞くことは出来ないだろうか。ただ、あまり頭を悩ませても、おれのことだ。うまいやり方はきっと、思いつかない。

「そうか。東京ではうまくやってるのか？　なにか困ったことはねえのか？」

「困っていることなんてないよ。私ね、今東京でキャバ嬢をやってるんだ。結構人気があってね、それなりに稼いでるんだよ」

麻衣は今、キャバクラで働いているのか。華やかな仕事ではあるけれども、酔っ払いの相手だ、なかなか大変なのではないだろうか。

「辛くないのか？　酔っ払いの相手なんて」

「どうってことないよ。うちのクソ親父に比べれば、大体の酔っ払いは、断然マシ。暴力を振るわれることもないしね。私の場合、そこいらのキャバ嬢とは根性が違うから」

「それならいいんだけど、無理はするなよ」

「大丈夫だって。それにね、東京の生活って、楽しいんだよ。毎日刺激的でさ。そうだ、ゆうちゃん、今度東京に遊びにおいでよ。私があちこち案内してあげる。休み、取れないの？」

「休みか。今は従業員も増えたから、交代で休みは取れるようになっているけどな」

「じゃあ、いいじゃん。わたしのこと心配してくれてるなら、一回わたしの生活を見にくればも？　安心するどころか、わたしの暮らしを、うらやましく思うかもしれないよ？」

東京か。ちょっと行ってみたいような気もする。面白そうだもの。

「行ってみようかな。本当にいいのか？」

「もちろん。歓迎するよ」

「父ちゃんと母ちゃんに一回話してみるわ。もし休み取れたら、連絡すっから。そうだ、メアド交換しとくか」

「おじさんとおばさんには、私のところに来ることは、黙っておいて。それから、私の連絡先も」

「わかった。内緒にしておく。親父さんにバレたくないんだろ？」

「うん。バスガイドを辞めてキャバ嬢になったのも、クソ親父が帰って来いってうるさかったからなんだ。あんまりうるさいから、バス会社の寮から逃げ出して、それっきり連絡していない。もちろん、居場所もまだバレていないよ」

麻衣がこれまで連絡をしてこなかったのは、やっぱりそんな事情があったからなのか。可哀そうに。親父さんを恐れるがあまり、昔からの仲間に、連絡を取ることも出来なかっただなんて。頼れる人もいない大都会で、何もかも一人で頑張ってきたのだろうな。立派だな、とは思うけれども、寂しかったろうな、大変だったろうな、とも思う。

「色々大変だったんだな。東京には、友だちいるのか？」

「お店に、仲のいい子はいるよ。友だちって、呼べるかどうかはわからないけど」

「じゃあ、寂しくねえな。よかった」

「寂しいよ。ゆうちゃんとか、早紀ちゃんとか、利恵といる時みたいには、気楽な気持ちでいられないもの。仕事の仲間だと、やっぱりお互いに、色々気を遣うから」

「おれたちは小さな頃から、友だちだからな。大人になってからできた友だちとは、ちょっと違うんだろうな。そうだ、利恵には会ったのか？」

「うん、昼間ね。連絡先を教えて、さっと別れた」

「それはよかった。いつまでこっちにいるんだ？」

「明日の朝一番の特急に乗って、千歳から飛行機で帰るつもり。本当は今夜札幌から出る寝台列車で帰ろうと思っていたんだけど、どうしてもゆうちゃんに会いたくなっちゃったから、予定を変更したの」

「じゃあ、泊るところも決まっていないんじゃないのか？　そうだ、今からここで休んでさ、父ちゃんと母ちゃんが起きる前に車出して、空港まで送ってやるよ。そのほうが安心できるだろう？　おまえがこの町に帰ってきていることは、噂になりつつある。おれは康夫から聞いたし、康夫は大石さんのところの、かすみさんから聞いたって言ってた。今のところはまだ親父さんに見つかっていないようだけども、町を出るのは早い方がいい」

「それはありがたいけど、大丈夫なの？」

「大丈夫だ。おれがいなくたって仕事は回るだろうし、後はうまくごまかすよ。急に夜明けのドライブがしたくなったんだ、なんて言ってさ」

それから、朝の三時半までおれの部屋で休んで、二人で車に乗って空港に向かった。千歳までおれたちの会話が、途切れることはなかった。おれたちは大人になったけれども、子どもの頃から友だちだから、一緒にいる時は二人とも、子どもみたいなものなのだ。


都会の生活というのは、一体どういうものなのだろう。映画やテレビドラマを見ているから、ぼんやりとなら想像はつくけれど、都会で生活をしたことがないから、実際のところはわからない。

朝、家を出た時に感じる空気。ピンと張りつめた、早朝の冷たい空気に交じって漂ってくる、牛の匂い。牛の匂いなんて、都会の人にとっては、悪臭でしかないのかもしれないけれど、おれにとってはそうじゃない。おれの家の、おれの匂いだ。都会の生活とはきっと、朝の空気からして、大きく違う。

朝の搾乳を終えてから、シャワーを浴びて支度をし、父ちゃんに十勝清水の駅まで送ってもらった。東京へ行ってくるとは言ったけれど、麻衣に会ってくるとは言っていない。どうしても行きたいゲームのイベントがあるのだと、嘘をついた。父ちゃんと母ちゃんも、毎日真面目に頑張っているんだから、たまにはいいだろう、行ってこい、と言ってくれた。少しだけ、心が痛んだ。

二時間ちょっと列車に揺られて、昼前には札幌に着いた。札幌からは明日の朝上野に着く、「北斗星」という寝台列車に乗るつもりだ。一人で飛行機に乗ったことのないおれに、麻衣が教えてくれた列車だ。出発は夕方だから時間は随分あるけれど、せっかく休みをもらえたんだから、早くどこかに出掛けたかった。まとまった休みをもらえることは少ないし、休みの日も家でゲームをしていることが多い。あとはパチンコか、たまに酒を飲みに行くぐらい。札幌に出てくるのも、随分久しぶりだ。

そう思って、早く家を出てきたものの、札幌で何をすればいいのかがわからない。札幌には妹の早紀が暮らしているけれども、美容院で働いているから、いきなり訪ねていくわけにもいかない。せっかく早く出てきたのに、あてもなく、歩きまわるしかなかった。

あちこち歩きまわったけれど、時間を潰す方法は思いつかず、結局チェーンのラーメン屋で昼飯を食べて、お客が一杯入っていて、いかにも玉のよく出そうなパチンコ屋で、北斗星の時間までパチンコを打った。おれの勘はばっちり当たって、結構儲かった。

今夜のおれの寝床は、二段ベッドの下。二段ベッドが向かい合わせに設置されていて、完全な個室ではないが、四人一部屋というか、四つのベッドごとに区切られている。上の段の方がプライバシーは守られそうだし、静かそうでもあるけれど、下の段は床に足が着くから、ベッドをソファーのように使えるし、ベッドに座った状態で、奥の窓の外を眺めることが出来る。上と下、どちらがいいかは人それぞれだろうけれども、おれは下の方が好きかもしれない。

北斗星では、上野まで十六時間以上かかる。飛行機に乗ったほうが、時間的には圧倒的に早いのだけれども、北斗星の方が便利なことも多い。出張や旅行などで旅慣れている人には、飛行機もよいのだろうけれど、おれのように毎日自宅の隣の牛舎で働いていて、旅行に出ることもあまりない者にとっては、列車で空港まで行って、搭乗手続きをして、羽田に着いたらまた列車に乗って、知らない駅で乗り換えて、なんていうのが非常に面倒で、難しいことであるように思える。北斗星なら、事前に切符さえ手配しておけば、列車に乗って、眠って、起きたらもう上野。麻衣には上野まで迎えに来てもらうことになっているから、何も心配はない。面倒なことも、難しいこともない。

いつもの時間にベッドに横たわったが、なかなか眠れない。朝の早い仕事をしているから、寝つきはいい方なのだけれど、今日は仕事をしていないから、身体が疲れていないのだろうか。通路の方に出て、壁に設置されている折り畳みの補助椅子を出して、窓の外を眺めてみた。窓の外は真っ暗だけれども、時々家の灯りが見えて、そのたびになぜだかホッとする。この感じ、なんだかいいな、と思った。

これが旅情というやつなのだろうか。ちょっと心細いような、寂しいような、それでいて、楽しいような、不思議な感覚だ。旅を愛する人たちは、こんな感覚を愛するがゆえに、旅をするのかもしれない。そんなことを考えているうちに眠たくなって、再びベッドに入った。枕の下で、車輪がレールの繋ぎ目を超える音がする。目をつむり、その音だけを聴いていると、次第に心がなだらかになって、ゆっくりと眠りに包まれてゆくのを感じた。

事前にメールで打ち合わせた通りに、北斗星の着いたホームをまっすぐ進んだところにある改札を出ると、麻衣がそこで待っていてくれた。つばの広い帽子をかぶって、サングラスをかけている。そんなに太陽が眩しいのだろうか。

「お疲れさま。疲れたっしょ？」

「いやあ、なかなかいいもんだったよ。どうしたんだ？　そんな帽子をかぶって、サングラスまでして」

「わたし、夜行性だから、朝が眩しいの」

「そうか。夜遅くまで働いてるんだもんな。眠たくないか？」

「大丈夫。それより、軽く何か食べようよ。お腹すいちゃった」

麻衣について、喫茶店へ入った。朝食は北斗星のレストランで済ませていたけれど、少し時間が経っているし、お腹には余裕がある。麻衣と同じたまごトーストとコーヒーのセットを頼んだ。

「この店、よく来るのか？」

「ううん。今日が初めて」

ぶらりと入った店、ということになるのだろうか。まあまあ清潔で、まあまあ洒落た店だ。たまごトーストとコーヒーも、まあまあの味だ。

「おれ、こんな風に、ぶらりと店に入ることって、あんまりないな」

「そう？　ああ、そうか。あの町のお店なら、大体知っているだろうからね」

「うん。普段行く店は決まっているし、初めての店に行くとしても、大体誰かの評判を聞いてから行くものな。行きつけの店にしろ、初めての店にしろ、あの町では、あの店に行こう、って決めてうちを出ることが多いからよ」

「言われてみれば、そうかもしれないね。東京はお店が多いからさ、自然とぶらりとお店に入ることも多くなるのかな。なにか美味しいもの食べたいな、と思って、ぶらぶらしながら、良さそうなお店を探すこともあるし」

「それが都会の生活ってものなのかもな」

ぶらぶらと、良さそうなお店を探す、なんてことは、あの町では無理だろう。もちろん、札幌や旭川へ行けば、そうすることも出来るかもしれないけれど、あの町で今の生活をしている限り、それを日常的に行うことは無理だ。

やっぱり都会の生活って、ちょっと面白そうだな。

「食事をするにしても、買い物をするにしても、知らないお店がたくさんあるし、その中からお気に入りのお店を見つけたとしても、飽きたらまた、代わりになりそうなお店がいくらでもある。だから都会の生活って、変化があって、刺激的なのかも」

おれの生活は、朝早く起きて、牛の世話をして、また眠る。仕事が終わってからや休みの日には、パチンコをしたり、ゲームをしたり、酒を飲んだりもするが、まあ、大体はそんなところだ。今のところ、嫁さんは来てくれそうにないし、恋だの愛だのといったものとも無縁。チャンスは少ないし、チャンスをものにできるような実力にも乏しい。

刺激的な生活とは、程遠いよな。

「そんなに刺激的な生活をしているんじゃ、もうあの町には戻れないな」

「わたしには東京が合っているのかも、なんて思うけど、あのクソ親父がいる限り、どうせわたしは戻れないいんだから、東京が合っていると思い込もうとしているだけなのかもしれない、と思うこともあるよ。だって時々、あの町の生活が、無性に懐かしくなるから」

麻衣の父親は腕のいい大工さんだけれども、酒癖が悪くて、麻衣も麻衣のおふくろさんも、度々暴力を振るわれていたらしい。中学の時に、おふくろさんが逃げ出して、親父さんと二人暮らしになってからは、麻衣は毎晩のように、おれの部屋に逃げてくるようになった。それが親父さんにバレて、怒鳴り込まれたこともあるけど、その時はうちの父ちゃんと母ちゃんが、「酒を辞めない限り、文句を言う資格はない」と叱って、追い返した。そんなつらい思い出がたくさんあるのに、麻衣は今でも、あの町での暮らしを懐かしく思うことがあるのか。

「いいことなんて、何もなかっただろうに、懐かしくなるだなんて、不思議だな」

「嫌なことは多かったけど、いいことも、たくさんあったよ。ゆうちゃんも、おじさんも、おばさんも、いつも優しかったし、学校に行けば、友だちだっていたし」

「たしかに麻衣は、皆に大切にされていたものな。でもそれは、東京でも同じだろう？」

「そうでもない。あの町の皆ほど、東京の人は優しくしてくれないよ」

「そうなのか。まあ、生まれて育った町と、東京とでは、やっぱりなにかが違うのかもな」

今、ふらりと店に入って、たまごトーストを頼んだだけで、都会の生活の気楽さ、自由さ、みたいなものを感じたのは、おれがあまりに田舎者だからだろうか。刺激的な生活とやらを、ちょっと面白そうだと感じたのも、そうだろうか。東京には、東京なりの大変さがあるのだろうけれど、おれにはそれがわからない。でも麻衣は、東京の生活も刺激的で楽しいと言っていた。だからやっぱり、なんだかんだ言っても、東京が好きなんじゃないかと思う。

たまごトーストを食べた後は、荷物をコインロッカーに預けて、二人で地下鉄に乗って、浅草に向かった。日本人なら誰だって知っている有名な観光地だけあって、にぎやかだ。海外からの観光客の姿もある。修学旅行中らしい、学生の姿もある。ざわざわ、ざわざわしている。

「なあ、浅草っていつもこんなに混んでるのか？」

「うん。バスガイドをしていた時にはよく来たけど、大体いつもこんな感じだったかな」

「へえ。東京って感じがするな」

「そう？　まあ、ここにいる人のほとんどは、東京の人じゃないけどね」

「そりゃそうだ。観光客が多いものな」

人混みというのは、楽しいものだ。お祭りに来ているみたいで、心が躍る。年がら年中こんな感じだなんて、浅草の人は、お祭りの中で暮らしているみたいだな。いつもお祭りの中にいるみたいなものだとしたら、きっと生活は楽しいだろう。生活自体が、お祭りみたいなものなのだろうから。

浅草寺にお参りした後は、隅田川のほとりを散歩した。岸辺をコンクリートで、がっちり固められた川だ。散歩道も整備されていて、所々にベンチもある。

「ちょっと歩き疲れたかな。そこのベンチで休まない？」

「そんなヒールのついた靴を履いてるんだから、そりゃ疲れるだろう。休んでいこう。別に急ぐ用事があるわけじゃないしな」

なんで麻衣は、高いヒールのついた靴を履いているのだろう。スニーカーじゃダサいのだろうか。確かに、今日の麻衣の服装に、スニーカーは合わない。だったら、スカートなんかやめて、ジーパンにでもすればよかったんじゃないのだろうか。さっき歩いてきた感じじゃ、すれ違う人全員が、麻衣みたいな格好をしているわけではなかった。スニーカーを履いている人もいたし、ジーパン姿の人もいた。だから別に、スニーカーでもジーパンでも、おかしくはないはずなのに。

「ありがとう。やっぱりゆうちゃんは優しいよ」

「なんでだ？　疲れているなら、休むのが当然だろう」

「だけど、わたしの履いている靴のことまで、気にしてくれるなんてさ」

おれにはなんとなく、麻衣がヒールのついた靴を履いている理由が、分かったような気がした。

麻衣はキャバクラで働いている。キャバクラというところは酒を飲むところだけれども、純粋に酒を飲みに行くというよりは、めかしこんだ、きれいな女性と話すことが目的でもあるように思う。だから麻衣は、店で客を接待する時は、めかしこんでいなければならない。もちろん、キャバクラで働いている女性も、休みの日にはスニーカーを履くことがあるだろう。でも、麻衣は今日、ヒールのついた靴を履いている。ということは、麻衣は今日、おれを接待しようとしてくれているのかもしれない。店の客ではないけれども、遠くから自分を訪ねてきた客として。

幼なじみなのだから、もっと楽な格好で来てもらって構わないのだけれども、麻衣はきっと、東京らしいあか抜けた女性として、おれに東京に来た気分を、存分に感じさせてやろうと思ってくれているのではないのだろうか。つまり麻衣は、東京でキャバクラ嬢をしている同郷の友人の姿を忠実に演じながら、おれに東京を案内してくれているのだ。これはきっと、麻衣なりの真心なのだろう。

「そんな風にきれいな格好をして歩くというのも、大変なんだろうな」

「もう慣れてるから、それほどでもないけど、長い距離を歩くと、ちょっと疲れるね」

「なるほどな。美人には美人の、苦労があるんだな」

「いやだ、ゆうちゃんがわたしのこと、美人だなんて言うの、初めてじゃない？」

「そうかなあ？　思わず口が滑ったな」

「幼なじみだからって、別に遠慮しなくてもいいんだからね。美人だなあ、って思ったら、美人だねえ、って言えばいいんだよ」

「遠慮なんかしてねえさ。ただ、今まであんまり思わなかっただけだ」

「もう、そんなこと言って。失礼だよ」

「失礼かい？　いいだろ、おれが言わなくても。店ではお客さんに、いつも言われてるんだろうからさ。色んな人から美人だと言われすぎて、実はうんざりしてるんじゃねえのか？」

「デリカシーがないんだか、口がうまいんだか。長い付き合いだけど、本当にゆうちゃんて、何を考えているのか、わからない」

休憩した後は、しばらくその辺りを散歩して、また地下鉄に乗って、上野に戻った。コインロッカーから荷物を出して、今度は地上を走る列車に乗って、麻衣のアパートへ。最寄りの駅の周辺は、上野や浅草よりは随分静かだけれども、駅前にはビルや商店、マンションなどが立ち並び、人も結構歩いている。麻衣のアパートは、駅から歩いて五分ぐらいのところ。

駅からも近いし、コンビニもすぐそこにある。生活の便は、なかなかよさそうなところだ。

「いいところに住んでるんだな」

「ここ、いいところかな？」

「おれたちの故郷よりは、マシだろう？　便利そうだし、にぎやかだし」

「にぎやかねえ。でも、線路は近いし、大きな道にも近いから、住んでみると結構うるさいよ。もう、慣れたけどね」

「でも、寂しくはないだろう？」

「どうかな。窓から見える景色は、寂しいかも。ほら、あそこに見えるマンション、家族向けのマンションなんだよね。夜になると、窓に灯りが点くじゃない。その灯りの下では、きっと家族が団欒をしているの。でもわたしは、あの灯りの下には、遊びに行けない。北海道の実家ならさ、わたしの部屋から見える灯りは、ゆうちゃんちのだけだけど、ゆうちゃんの部屋にはいつでも遊びに行けたじゃない。ゆうちゃんの家には、おじさんもおばさんも、早紀ちゃんもいてさ。ああ、そうだ、早紀ちゃんは今、どうしてるの？」

「高校を出てからは、札幌の美容学校に行ってな、資格を取って、今は札幌の美容院で働いている」

「へえ、そうなんだ。早紀ちゃん、夢を叶えたんだね。美容師になりたいって、言ってたもんね」

「うん。あいつは自分の道をまっすぐ進んだ。立派なもんだ。でも、忙しいのか、あんまり帰ってこないから、父ちゃんも母ちゃんも、ちょっと寂しがってるよ」

「忙しいのもあるんだろうけど、札幌からだったら、いつでも帰れるって気持ちがあるだろうから、逆に帰らないのかもしれないね。いいなあ、早紀ちゃんは。うらやましいよ」

「そうかなあ。おれは札幌に、彼氏が出来たんじゃないかと睨んでる」

「ああ、そうかも。それなら早紀ちゃん、好きな仕事して、好きな人もいて、きっと幸せだね。なんだか、わたしも嬉しいよ」

「彼氏が出来たって、確かめたわけじゃないけどな」

「あはは、そうか。ちょっと気が早かったね」

気が早かった、と麻衣は言ったけれども、早紀はいずれ札幌で結婚して、ずっと札幌で暮らしていくような気がする。あの町を一度出た女性のほとんどは、二度とあの町へは戻って来ない。だから早紀も、麻衣も、二度とあの町へは戻って来ないだろう。

「麻衣には、いい人いないのか？」

「いない。ゆうちゃんは？」

「いるわけないだろう。ただでさえモテないのに、酪農をやっている家に、嫁に来てくれる人なんて、なかなかいないもの」

「現実は厳しいか。でもさ、ゆうちゃんは立派に家を継いで、偉いよね。小さな頃から、継ぐつもりだったんでしょ?」

「そうだな。物心がついた時には、すでにそう思っていたような気がする。まあ、うちには妹しかいないし、おれが家を継ぐことは、生まれた時から決まっていたようなものだから」

「確かにね。ねえ、ゆうちゃんは酪農以外に、なにかやってみたいと思ったことはないの?ほら、子どもって、色々夢を見るじゃない? パイロットになりたいとか、テレビに出てみたいとか、華やかな世界に憧れたりさ」

「そんなこと、おれ、考えたことあったかな」

おれは心の底から、父ちゃんと母ちゃんを尊敬している。酪農の仕事を嫌だと感じたこともないし、酪農の仕事に誇りも持っている。でもそれは、他の生き方をすることを考えたことがなかったからかもしれない。もし、他の生き方を考えたとしても、おれは結果として酪農を選んだかもしれないとは思う。でも、他の生き方を一度も考えずに酪農をしていくことと、色々な生き方を考えた上で酪農を選んだ場合とでは、なにかが違うように思う。

おれは、生まれた時から目の前に敷かれていたレールの上を、まっすぐに走ってきた。その結果、今誇りをもって、酪農の仕事をすることが出来ている。将来は、あの町の牛乳を使った商品を開発して、ヒットさせて、もっともっと、あの町の酪農を盛んにしてやろうという野望もある。

でもそれは、たまたまおれがあの家の長男に生まれたから、なのかもしれない。おれの家が、酪農をやっていなかったら、おれはどう生きただろう。おれにもし兄がいたら、早紀のように札幌で暮らしただろうか。もしかしたら、麻衣みたいに、東京に出てきただろうか。札幌や東京には、酪農以上に、自分に向いた仕事があったのだろうか。

そんなことを考えもしなかったのは、考える必要がなかったこともあるのだろうけれども、心のどこかで、酪農をやる以外のことを、考えてはいけないと思っていたからだろうか。自分は酪農をやらなくてはいけない、酪農をやるべき人間なのだと、無意識のうちに思い込もうとしていたからなのだろうか。それがおれの運命なのだと、子どもの頃から自然に覚っていたからなのだろうか。

どうであれ、おれが、酪農をやって家を継ぐという以外の生き方を、考えたことがないのは事実だ。いいことか、悪いことかは、わからないけれども。

「やっぱりゆうちゃんは、一度も考えたことがないんだ。ゆうちゃんの場合はうまくいっているからいいけど、もしうまくいっていなかったら、大変なことになっていたかもしれないね」

「考えると、恐ろしいことなのかもな。たとえば麻衣が親父さんに、うちの仕事を継げ、と言われても、おれみたいにはいかないだろうし」

「そうだよ。あのクソ親父と一緒に仕事するなんて、考えたくもない」

「今おれが、酪農の仕事を頑張れているのは、やっぱり父ちゃんと母ちゃんのおかげなんだな」

「おじさんとおばさんは、立派な人だもんね。ゆうちゃんは、幸せな人だよ」

麻衣はそう言うと、哀しそうな顔をして、下を向いた。おれには哀しそうな顔をする理由がちっともわからなかったが、とにかく麻衣を楽しい気持ちにしてやりたいと思った。

「なあ、今日休みなんだろう？　おれ、昨日札幌でパチンコしたんだ。そしたら、すごく儲かってよ。晩飯は奢ってやるから、どこかいい店案内してくれよ。好きなもの、なんでもいいぞ。目が飛び出るほど高い店は無理だけれども、目が飛び出ない程度に高い店なら、大丈夫だから」

「いいよ。今夜は私がごちそうする。一人暮らしも長くなったら、料理も色々覚えたんだけど、食べてくれる人がなかなかいなくてね。口に合うかはわからないけど、食べてみてくれない？」

「麻衣の手料理か。初めてだな」

「食べてくれるの？　ありがとうね」

　高校を出てから麻衣とは会っていないから、麻衣がどんな料理を作るのかはわからない。あの町にいた頃は親父さんと二人暮らしだったけれど、麻衣が料理をしていたというイメージがない。一体あの頃は、どうしていたのだろう。親父さんとは、ほとんど口もきいていなかったようだから、自分の分だけちょこちょこっと作っていたのかな。それとも、インスタント食品や、お茶漬けなんかで、簡単に済ませていたのかな。そういえば時々、うちの家族と一緒に晩飯を食べることもあった。そんな時、麻衣はいつも嬉しそうだった。にぎやかで楽しい、なんて言って。今日麻衣は、あれの再現をしてみたいのかもしれない。二人だけだし、随分簡易的になってしまうけれども、家族の食卓みたいな感じを、おれとしてみたいのかもしれない。

　せっかく東京に来たというのに、それからはどこにも出掛けず、テレビを見ながら話をしたりして、だらだら過ごし、夕方に二人で買い物に出かけた。駅前のスーパーで、ひき肉や玉ねぎ、レタスやトマトを買って、部屋に戻ると、麻衣はワンルームの小さな台所で、終始にこにこしながら、ハンバーグとサラダを作ってくれた。おれがハンバーグを好きなことを、覚えてくれていたのだろうか。優しい麻衣の心が、おれには嬉しかった。麻衣が楽しそうに料理をしていることも、嬉しかった。寝台列車に長いこと揺られて、東京に来たかいがあるというものだ。

麻衣はきっと、にぎやかな東京で寂しさを感じながら、毎日一人で食事をしてきたのだ。あの町にいた時だって、そうだったのかもしれない。うちの家族と一緒に食事をする時に、いつも嬉しそうにしていたのは、親父さんと二人きりの生活で、寂しい思いをしていたからかもしれない。

麻衣はずっと、寂しかったのかもしれない。

柄の違う二枚の皿に、それぞれ盛り付けられたハンバーグ。おれの前に置かれているのは、弁当屋の名前が印刷された、袋入りの割りばし。小さな炊飯器で炊かれた飯は、おれの分は茶碗に盛られているけれど、麻衣の分はお椀に盛られている。サラダは一つの器に山盛り。一人分しかない食器を、無理やりに二人分にしたような、急ごしらえの、家族の食卓。

「どう？　おいしい？」

麻衣が味についての、感想を求めてくる。おれはもちろん、「うめえよ。麻衣には料理の才能があったんだな」と、少し大げさに誉めた。「よかった」と麻衣が喜んでいる。そこでなぜだか胸が苦しくなって、急ごしらえの食卓に、涙を一粒こぼしてしまった。

「なんで、泣いてるの？」

麻衣が不思議そうにおれの顔を見つめる。涙を止めなくては、と思うのだけれど、そう思えば思うほど、涙が次々に出て困った。どうして涙が出るのかは、自分でもちゃんと説明できない。おれはただ、黙って麻衣の顔を見つめ返すしかなかった。

「どうして泣いてるの？　ねえ、どうして？」

嘘をつくべきなのか、うまく説明できなくても、胸の中をなるべくありのままに話すべきなのか、迷った。

「なあ、麻衣、おまえさっきおれに、家を継ぐ以外のことは考えなかったの、って言ったよな。子どもの頃に、何か夢は見なかったのかって。おまえはどうなんだ？　子どもの頃、どんな夢を見ていたんだ？　本当は何になりたかったんだ？」

おれがそう言うと、麻衣はおれの顔を見つめたまま、涙をぽろぽろこぼして、ゆっくりと口を開いた。

「お嫁さん。ゆうちゃんちの、お嫁さん」

意外な答えに、おれは少々面食らったが、なるべく冷静に、次の言葉を探した。

「おれの嫁さんになんかならなくても、麻衣はずっと、うちの家族みたいなものじゃねえか。おれだけじゃねえ。父ちゃんも母ちゃんも、きっとそう思っているよ。早紀だってそうだ。麻衣のこと、本当のお姉ちゃんみたいに思っているはずだぞ」

「でも、本当の家族じゃないもん。ゆうちゃんが将来お嫁さんをもらったら、その人がゆうちゃんちの家族になっちゃうもん」

「そんなこと、あるわけないだろう。おれが嫁さんをもらっても、麻衣はずっとうちの家族の一員だよ」

「嘘ばっかり。ゆうちゃんとお嫁さんの間に子どもが生まれたら、その子はゆうちゃんちの子だけど、わたしが誰かと結婚して、子どもを授かっても、その子はゆうちゃんの家族からしたら、よその子でしょ。ほら、違うじゃない。いい加減なこと言わないで！」

麻衣は叫ぶようにそう言って、机の上の皿を手で払い飛ばし、おいおいと声を上げて泣きじゃくった。

おれは、床に落ちてしまったハンバーグを拾って、ふっふっと息をかけ、それを口に運んだ。

「うめえぞ、このハンバーグ。おれがハンバーグを好きなこと、覚えてくれていたんだよな。ありがとう。麻衣は優しいな」

麻衣を抱き上げてベッドに寝かせ、傍らの床に座って、麻衣の頭を撫でた。麻衣はしばらく泣いていたが、やがて泣き止むと、小さな声で「ごめんね、変なこと言って」と謝った。

「変なことじゃねえよ。ちょっと驚いたけどな」

「変なことだよ。どうせ無理なのにさ」

「なんで無理なんだ？」

「ゆうちゃんちの隣には、あのクソ親父がいるもの。あのクソ親父が死ぬまで待ってたら、わたし、おばさんになっちゃうもの。その頃にはゆうちゃんもきっと、他の誰かと結婚してるもの」

麻衣の髪に触れているからか、おれには麻衣の悩みと、哀しみと、真心が痛いほど伝わってきた。ふと遠い昔に母ちゃんが、「麻衣ちゃんが、うちにお嫁に来てくれるといいのにね」と言っていたのを思い出した。子どもだったおれは、「冗談じゃねえよ」と思っていたけれど、それは素直な気持ちだったろうか。おれは生まれた時から、あの家を継ぐことが決まっていたし、結婚相手まで、母ちゃんに決められてたまるか、なんて思っていたような気が、しないでもない。もしくは、そんな身近な人ではなくて、もっと広い世界から、生涯のパートナーを見つけてみたいと、思っていたのかもしれない。いや、実はただ単に、照れ臭かっただけなのかもしれない。今となっては、あの頃のおれがどんな気持ちでいたかを、正確には思い出せないけれど。

「なあ、一つ質問していいか？」

「いいよ」

「今でも、おれの嫁さんになりたいと思ってくれているのか？」

「うん。どうせ無理だけどね」

「今なら、無理じゃねえよ。おれたちはもう大人だ。もし親父さんが麻衣に暴力を振るおうとしても、今のおれなら、腕っぷしでは負けない。おれが麻衣を守ってやることが出来る。おまえがいなくなってから、親父さんも随分しょんぼりして、大人しくなっちゃったから、もう二度と麻衣がいなくならないようにって、親父さんを諭して、反省させることだって、心を入れ替えさせることだって、出来るかもしれない。麻衣だって、きっと昔よりは強くなっているだろうし、知恵もついているはずだ。二人で力を合わせれば、なんとかなるんじゃねえのかな。どうだ、考えてみてくれないか？」

「これ、プロポーズ、だよね？」

「そうだ。プロポーズだ。まあ、一生のことだし、事情も複雑だから、すぐに返事をくれとは言わない。ただ一度、真剣に考えてくれ」

「わかった。考えてみる」

翌日は、麻衣にスニーカーを履くように言って、二人で上野公園を歩き、動物園や美術館を見て回った。夕方までたっぷり遊んで、一度麻衣の家まで荷物を取りに行き、また二人で上野に戻って軽く一杯やってから、ホームまで送ってもらった。別れ際、おれと麻衣は、短いキスをした。長い付き合いだけれども、初めてのことだ。でも、ぎこちなさは少しもなく、とても自然な感じだったと思う。そして、ちょっとだけ、恋人同士みたいだった。

帰りの北斗星に乗って、二段ベッドの下の段に寝っ転がりながら、おれは未来のことを考えていた。

家に帰ったらまず、父ちゃんと母ちゃんに、麻衣にプロポーズをしたことを伝えよう。まだ、返事はもらっていないけれども、きっと喜ぶはずだ。もし麻衣がＯＫしてくれたら、次は親父さんと話そう。お互いに腹を割って、麻衣がこれから幸せになるにはどうしたらいいか、真剣に話し合おう。もしかしたら、もう、麻衣には近づかないでくれ、と言わなきゃならなくなるかもしれないが、仮にそうなっても、納得してもらえるまで根気よく話そう。返事はまだだけど、おれはすでに麻衣と、いつまでもあの町で生きてゆくつもりでいる。そのためには、もっともっと、頑張らなくてはならない。

おれはあの町の、あの家に生まれた。おれはこれからも、あの町で、あの家で生きてゆく。

枕の下で、車輪が鳴っている。北斗星は終着駅に向かって、レールの上を走ってゆく。

色んな人の想いを乗せて、迷うことなく、力強く。

本書は書き下ろしです。

広小路 尚祈（ひろこうじ なおき）

１９７２年、愛知県岡崎市に生まれる。高校卒業後、ホテル従業員、清掃作業員、タクシー運転手、不動産業、消費者金融など、10種類以上の職種を経験する。２００７年、「だだだな町、ぐぐぐなおれ」が第50回群像新人文学賞優秀作に選ばれた。２０１０年、「うちに帰ろう」が第１４３回芥川賞候補、２０１１年、「まちなか」が第１４６回芥川賞候補。著書に『うちに帰ろう』（文藝春秋）、『清とこの夜』（中央公論新社）、『金貸しから物書きまで』（中公文庫）、『いつか来る季節』（桜山社）、『今日もうまい酒を飲んだ』（集英社文庫）など。

装画　鈴木 周作
装丁　三矢 千穂

北斗星に乗って

２０２１年10月22日　初版第１刷　発行

著　者　広小路 尚祈
発行人　江草 三四朗
発行所　桜山社
〒４６７-０８０３
名古屋市瑞穂区中山町５-９-３
電話　０５２（８５３）５６７８
ファクシミリ　０５２（８５２）５１０５
https://www.sakurayamasha.com

印刷・製本　モリモト印刷株式会社

ISBN978-4-908957-17-8 C0095

桜山社は、
今を自分らしく全力で生きている人の思いを大切にします。
その人の心根や個性があふれんばかりにたっぷりとつまり、
読者の心にぽっとひとすじの灯りがともるような本。
わくわくして笑顔が自然にこぼれるような本。
宝物のように手元に置いて、繰り返し読みたくなる本。
本を愛する人とともに、一冊の本にぎゅっと愛情をこめて、
ひとりひとりに、ていねいに届けていきます。